Patrik Ouředník

エウロペアナ 二〇世紀史概説

パトリク・オウジェドニーク　阿部賢一・篠原 琢［訳］

白水社
EXLIBRIS

エウロペアナ——二〇世紀史概説

装 丁
緒方修一

カバー写真
ガスマスクをつけた二人のドイツ軍兵士とラバ（1916年）

一九四四年、ノルマンディーで命を落としたアメリカ兵は体格のよい男たちで、平均身長は一七三センチだった。ある者のつま先に別の者の頭を置くといった具合に戦死者を一人ずつ並べていくと、全体で三八キロの長さになるという。ドイツ兵も体格がよかったが、一番体格がよかったのは第一次世界大戦に従軍したセネガルの射撃兵で、平均身長は一七六センチだった。そのため、ドイツ兵が恐れをなすようにと、セネガルの射撃兵が最前線に送り込まれたのだ。第一次世界大戦では、種がまかれるようにバタバタと人が倒れたといわれた。ロシアの共産主義者たちはと言えば、裏切者や犯罪者の遺体を肥料に使ったら、高価な外国の肥料をどれだけ節約できるかと指折り数えていた。

イギリス人が戦車を発明

イギリス人は戦車を発明し、ドイツ人はイペリットと呼ばれるガスを発明した。その名前はイープルという町の近郊で初めてこのガスが使用されたことに由来するという。だが、その説は本当ではないようだ。このガスはマスタード・ガスとも呼ばれた。これを吸うと、ディジョン産のマスタードの匂いを嗅いだときのように鼻がヒリヒリしたからだ。どうやら、これは真実らしい。戦後、帰還した兵士のなかには、ディジョンのマスタードをもう二度と口にしないと拒む者もいたのだから。第一次世界大戦は帝国主義戦争とも呼ばれていた。ドイツ人は、他の国々が自分たちにいわれのない偏見を抱き、自分たちが大国になることを好ましく思わず、歴史的な使命を達成することを望んでいないと感じていた。ドイツ、オーストリア、フランス、セルビア、あるいはブルガリアといったヨーロッパの大半の人びとはこの戦争を必要かつ正当なものとみなし、戦争によって世界に平和がもたらされると考えていた。祖国愛、勇気、自己犠牲といった近代の産業世界が重きを置かなかった美徳が戦争によって呼び起こされるにちがいないと、多くの人が思っていたのだ。貧しい人たちは列車に乗れるのを楽しみにし、田舎の人びとは、自分たちも大都市を知ることができるようになり、地方の郵便局で電話をかけたり、妻に宛てて、**ボクハ元気、キミモ元気デ**、と電報を読み上げるようになるにちがい

行進曲

ないと楽しみにしていた。将軍たちもまた、自分たちが新聞に載るだろうと期待し、少数民族の人びとは、訛りのない人たちと戦争を分かち合い、行進曲や明るい歌を一緒に歌うことになるはずだと歓喜した。そして誰もが思っていた。葡萄収穫祭のころには、いや、遅くともクリスマスには、皆、家に帰っているだろう、と。

ドイツ人が毒ガスを発明

歴史家のなかには、二〇世紀が実質的に始まったのは第一次世界大戦が勃発した一九一四年だと述べる者もいた。これほど多くの国が参戦し、これほど多くの犠牲者を出したのも初めてであったが、それだけでなく、飛行船や飛行機が飛び交い、後方、市街地および市民の上に爆弾が投下され、潜水艦が船を沈めたり、一〇キロ、一二キロ先の標的を狙える大砲が用いられた史上初の戦争だったからである。ドイツ人は毒ガスを発明し、イギリス人は戦車を発明し、科学者は同位体元素《アイソトープ》や一般相対性理論を発見した。この理論によると、形而上学的なものは一切なく、すべては相対的であるという。セネガルの射撃兵は飛行機を初めて目にしたとき、家禽《かきん》だと思い込み、セネガル兵の一人は死んだ馬から肉を削ぎ取り、飛行機が近づいてこないようにとできるだけ遠くに肉を投げたという。兵士たちが着ていたのは緑色の迷彩服だった。敵に見つからないようにするための配慮だったが、当時としては新しいことだった。というのも、かつては、遠くからでも目につくように色鮮やかな軍服を身につけていたからである。空には飛行船や飛行機が飛び交っていたため、馬は慄いていた。作家や詩人はこのような事態を適切に伝える方法を模索し、一九一六年にダダイズムを考案した。なぜなら、ありとあらゆることが馬鹿げたことに思えたからである。ロシアでは革命が生み出された。従軍した兵士たちは、自分が何者であるか、弔電の送り先はどこかがわかるように氏名と分隊名を記した識別票を首元か手首につけていた。だが、爆発で頭や手が吹き飛ばされて識別票はなくなってしまい、軍部により身元不明の兵士として遺体が処理された。多くの大都市では、このような無名戦士のことを忘れないために永遠の炎が設置された。火は過ぎ去りしものの記憶をとどめるからである。戦死者の平均身長を一七二センチとして換算すると、フランス兵の犠牲者は全体で二六八一キロ、イギリス兵は一五四七キロ、ドイツ兵は三〇一〇キロになり、世界中で戦死したすべての兵士の数を換算すると、一万五五〇八キロの長さとなった。一九一八年にはスペイン風邪と呼ばれる流感が猛威をふるい、二〇〇〇万もの人が命を落とした。兵士のみならず、一般市民も劣悪な衛生環境で暮らしていたため、流感で亡くなった人たちもまた戦争の犠牲者であると平和主義者や反軍国主義者は戦後に主張した。だが疫病学者は、流感で多くの犠牲者を出したのは、太平洋諸島、インド、あるいはアメリカ合衆国といった戦争のなかった国々の人たちであると述べた。この見解は理にかなっている、つまり世界は腐敗していて、破滅に向かっているからだ、と言ったのは無政府主義者であった。

世界は破滅に向かう

だが、別の歴史家によれば、二〇世紀が始まったのは第一次世界大戦よりも前のことで、その端緒は産業革命にあるという。産業革命によって、伝統的な世界が破壊され、すべてが機関車や蒸気船に取って代わられたからである。また、二〇世紀が始まったのは人間の起源が猿であることがわかったときだと述べる人もいた。人間は短期間にめざましい進化を遂げたため、猿を起源とする可能性は低いと主張する人もいた。そして、人びとは言語の比較を始め、最も成熟した言語を話しているのは誰か、文明化の過程の最先端にいるのは誰かをめぐってあれこれ考えるようになった。大多数の人は、それはフランス人だと考えた。というのも、フランスではさまざまな興味深いことが次々に起こっていたからで、フランス人は接続法や条件法大過去を用いるだけでなく、会話が巧みで、男性は女性に淫らな笑みを浮かべ、女性はカンカンを踊ったり、画家は印象

文明化の過程

派を考案したりしたからであった。だがドイツ人は、真の文明は簡素で、民衆に近いものでなければならないとし、ロマン主義を生み出したのは自分たちであり、数多くのドイツ詩人が愛や霧の立ち込める谷間について詠ったではないかと言った。ドイツ人は、ヨーロッパ文明の担い手は当然ながら自分たちであると考えていた。戦争ができ、商売上手なだけでなく、飲んだり歌ったりして楽しむ術を心得ているというのがその理由だった。それればかりか、フランス人は高慢で、イギリス人は自惚れ屋で、スラヴ人にはきちんとした言語がないとも述べた。言語は民族の魂なのだから、スラヴ人にはいかなる民族も国家も必要ではなく、仮にそういうものがあったとしても彼らは困惑するだけだろうとさえ言った。一方、スラヴ人たちは、そのような見解は真実でなく、自分たちの言語はあらゆる言語のなかで最も古く、この事実は証明可能だと述べた。ドイツ人はフランス人を**カタツムリ好き**だと呼び、フランス人はドイツ人を**キャベツ頭**と呼んだ。ロシア人に言わせると、全ヨーロッパが堕落していて、ヨーロッパを没落させたのはカトリック教徒とプロテスタントだった。そこでロシア人は、信仰を守るためコンスタンティノープルからトルコ人を追放し、ヨーロッパをロシアに編入することを提案した。

銃撃し合う兵士

太っちょベルタ

第一次世界大戦は塹壕戦とも呼ばれた。数か月にわたって前線の状態が膠着するなか、兵士は泥まみれの塹壕に身を隠し、夜中や夜明けに敵の陣地に向かって、二〇、三〇、あるいは五〇メートルほど前進しようと攻撃を仕掛けた。兵士は緑色の迷彩服を身につけ、互いに爆弾を投げたり、銃撃し合ったりした。ドイツ軍は塹壕砲を、フランス軍は迫撃砲を有し、互いに発射し合った。ある分隊が攻撃体制に入ると、敵が機関銃で銃撃するなか、兵士は別の塹壕を飛び越え、地雷に気をつけながら有刺鉄線に穴を開けなければならなかった。このような塹壕のなかで兵士は何か月も何年も過ごしたので、退屈したり、恐怖を抱いたり、トランプをしたり、塹壕や壕を結ぶ通路に名前をつけたりした。フランス兵は、**エスカルゴ**や**オペラ座広場**や**貧困**や**不幸**や**脱走兵**や**憎悪**や**頭痛**といった名前をつけ、ドイツ兵は**グレートヒェン**や**ブリュンヒルデ**や**太っちょベルタ**や**血のソーセージ**《ブルートヴルスト》といった名前をつけた。フランス人は高慢だとドイツ人は言い、ドイツ人は不作法だとフランス人は言った。だが、このころになると、もはやクリスマスに帰宅することなど誰も考えなくなり、自分たちは見離され、愛されてもいないと感じるようになった。司令部から届くニュースには、戦争の終結はまもなくだとあり、鬱状態になることなく、気を確かに持ち、我慢強く、前向き《ポジティブ》であれ、と伝えてきた。一九一七年、あるイタリアの兵士は姉に宛てた手紙のなかで、**ぼくのなかにある善良なものが少しずつなくなりつつあるような気がする、日を追うごとに、ぼくは前向き《ポジティブ》になっていく、**と綴っている。塹壕ではネズミが遺体を貪ったり、生きている者の指や鼻を噛んだりしていた。ネズミと兵士が一緒に暮らしていたにもかかわらず、疫病が発生しなかったのは医学上の大きな謎であった。疫病が発生し、その結果、敵に陣地を占領されるのを懸念した司令部は、ネズミを一匹殺すたびに褒賞金を与えることにした。すると、兵士はネズミを狙い撃ちするようになり、撃ち殺したネズミの尻尾を証拠として切断し、特任の兵站《へいたん》将校に提出した。兵站将校は尻尾を数え、誰が何匹仕留めたかを上層部に伝えた。けれども、兵士が褒賞金を受け取ることはなかった。そのような予算は計上されていなかったからである。シラミもまた、兵士たちと生活を共にしていた。

敵の気配を感じたとき

夜、敵の気配を感じたときは、敵の兵士がシラミを掻く音を頼りに相手の位置を見極め、その方向に向かって銃を撃ったり、手榴弾を投げたりした。だが、シラミも、敵の数も一向に減りはしなかった。

二〇世紀になると、人びとは伝統的な宗教から距離を置くようになった。自分たちの祖先が猿であることを知り、列車で旅行したり、電話で話したり、潜水艦で海に潜るようになったからである。そのため、宗教から離れ、教会に通う回数が徐々に減っていき、神など存在しない、宗教は人間を無知と闇のなかにとどめるものだと口にするように

実証主義

なり、実証主義《ポジティヴィズム》に賛同するようになった。実証主義とは、人間の判断および現象を理解する力は自然科学と社会科学を合わせたものにほかならず、科学的に立証されうるものだけが真実として認められ、形而上学はたわ言にすぎないと言明する哲学上の理論のことであった。実証主義者は、いかなる神も信じようとしなかったが、当初は、何か高次の存在があって、立証はできないものの、科学の立場からそれを認めることはできる、と主張する者もいた。

秩序は混沌から生じる

しかし、生命とは偶然の戯れの産物にすぎず、秩序は混沌から生じたのだと述べる科学者もいた。彼らもまた、キリスト教の伝統がいうように世界が六〇〇〇年前に創造されたとは信じてはいなかった。天体物理学者によれば、ありとあらゆるものはクオークや原子やガスで構成され、宇宙には一二〇億から一五〇億年の歴史があり、今もなお、たえず膨張し続けているという。だが、このまま宇宙が膨張を続けるのか、それともある日突然収縮するのか、もしくは爆発するのかはわからずにいた。キリスト教徒は言った。人間は、猿やクオークや原子やガスから生まれたのかもし

ヴァーチャル・リアリティ

れない。けれども、だからといって事態は変わらない。なぜなら、誰かが猿やクオークを創造しなければならないのだから、と。それに、宇宙が六〇〇〇年前に誕生していようが、一五〇億年前に誕生していようが問題ではない。重要なのはそれ以前のことで、科学ではそれはわからないのだ、と。天体物理学者はそれ以前には何もなかったと主張し、キリスト教徒はそのことはまさに聖書のなかに書いてあると答えた。時が経つにつれて、実証主義は魅力を失っていった。なぜなら、進歩や潜水艦や原子爆弾といったものと、人びとは、どのように折り合いをつければよいかわからず、ある種の超越論に向かうことはできないだろうかと思案しはじめたからである。学者のなかにはこのように主張する者もいた。科学的研究は神の存在を覆すことはできないだろう。神の存在や何らかの高次の存在について決定的な証拠を提示できないとしても、人間の問いかけに対して、科学的に答える土壌を用意することはできる、と。つまり、生命の意味と神慮とは結局のところ同一のものであるのだから、せめてヴァーチャル・リアリティに神が存在することはありえぬものかと哲学者たちは思案したが、その考え自体が自己撞着だった。

一九世紀末、都市部の住民は、新しい世紀になれば人類が進むべき道が明らかになるのではないかと期待して、新世紀の到来を待ちこがれていた。将来、誰もが電話したり、蒸気船で旅行することができるようになり、地下を通ったり、可動式の歩道や可動式階段で移動したり、良質の石炭で暖房をつけたり、あるいは週に一度は風呂に入ることもできるようになるのではないかと思いをめぐらしていた。電磁式の電信や無線通信は、人間の考えや欲望を空間を越えて光速で伝え、人間社会に調和をもたらし、平和で統一された社会で暮らすことを可能にするのではないか、と。重要な出来事は、一九〇〇年にパリで行なわれた万国博覧会だった。新時代の幕開けに、人類が進むべき未来や道が祝われ、訪問者は可動式の歩道で移動して、数々の発見を称賛し、新しい芸術潮流に感嘆の声をあげた。二〇世紀は貧困と重労働に別れを告げ、電力がもたらす可能性は、どんなに狂気じみた夢をも凌駕することになると人びとは考えていた。誰もが社会保障と一週間の有給休暇を享受することになるのではないか。快適で、衛生的かつ民主的な生活を営むようになり、女性もまた民主的な生活を営み、選挙に参加し、議員を選ぶことができるようになるはずだ、と。人びとは二〇世紀を心待ちにし、人類が過去の誤りを学ぶ新たな機会になるだろうと話題にしていた。婦人参政権は、一九〇六年にフィンランドで、一九一三年にノルウェーで、一九一五年にデンマークで次々に認められていった。時が経つにつれ、女性は学業に勤しんだり、高校卒業試験を受験したり、政治に参加したり、学術研究にたずさわったり、平和のために軍隊への入隊を希望するようになった。多くの男性は女性の要求を完全には認めようとせず、女性は主として家庭生活や家事に向いているのに対し、男性は社会の形成や抽象的な思考、さらには集団生活や娯楽に適しているのだと考えていた。いくつかの民主主義国家では、議会に参加する男女の数は同じでなければならないと法制化するところもあったが、女性は性別に関係なく、なによりも人間という存在なのであるから、そのような施策は民主的ではないと主張する女性もいた。女性は子供を産み、オムツなどを洗うばかりで、夫が給料をたずさえて帰宅するのをただ待っているのは不公平だと主張した。男性のなかには、もう仕事には出かけず、家に残って、オムツ洗いをしていたいと希望する者もいた。強力な社会政策で知られるスウェーデンでは、妻を外に仕事に出していることで手当を受け取っている男性が多数いる。さまざまな研究によると、今世紀最大の出来事として、避妊の発明を考える人が多数いるという。避妊によって、女性は自分が望むときに妊娠を気にすることなく性交できるようになり、その結果、性的自立と経済的自立を

郵便はがき

おそれいりますが切手をおはりください。

101-0052

東京都千代田区神田小川町3-24

白水社 行

購読申込書

■ご注文の書籍はご指定の書店にお届けします。なお，直送をご希望の場合は冊数に関係なく送料300円をご負担願います。

書名	本体価格	部数

★価格は税抜きです

(ふりがな)

お名前 (Tel.)

ご住所 (〒)

ご指定書店名（必ずご記入ください） Tel.	取次	（この欄は小社で記入いたします）

『エクス・リブリス エウロペアナ』について　(9035)

■その他小社出版物についてのご意見・ご感想もお書きください。

■あなたのコメントを広告やホームページ等で紹介してもよろしいですか？

1. はい（お名前は掲載しません。紹介させていただいた方には粗品を進呈します）　2. いいえ

ご住所	〒　　　電話（　　　）		
（ふりがな） お名前	（　　歳） 1. 男　2. 女		
ご職業または 学校名		お求めの 書店名	

■この本を何でお知りになりましたか？

1. 新聞広告（朝日・毎日・読売・日経・他（　　　））
2. 雑誌広告（雑誌名　　　）
3. 書評（新聞または雑誌名　　　）　4.《白水社の本棚》を見て
5. 店頭で見て　6. 白水社のホームページを見て　7. その他（　　　）

■お買い求めの動機は？

1. 著者・翻訳者に関心があるので　2. タイトルに引かれて　3. 帯の文章を読んで
4. 広告を見て　5. 装丁が良かったので　6. その他（　　　）

■出版案内ご入用の方はご希望のものに印をおつけください。

1. 白水社ブックカタログ　2. 新書カタログ　3. 辞典・語学書カタログ
4. パブリッシャーズ・レビュー《白水社の本棚》（新刊案内／1・4・7・10月刊）

※ご記入いただいた個人情報は、ご希望のあった目録などの送付、また今後の本作りの参考にさせていただく以外の目的で使用することはありません。なお書店を指定して書籍を注文された場合は、お名前・ご住所・お電話番号をご指定書店に連絡させていただきます。

獲得したからだという。女性は多種多様かつ重要な職業に就くようになり、ネズミを見たからといってもはや卒倒する必要もなくなり、女性に対する男性のステレオタイプに屈する必要がなくなっていった。社会学者は、伝統的な女性像は西側の社会においてはもはや時代遅れなものになったと指摘した。何百年ものあいだ自然の摂理に従ってきた女性は、避妊のおかげで契約の規律に従うようになったからだ、と。そしてまた、女性の解放は強制された自由という逆説にすぎないとも主張した。なぜならば、女性はこれまで以上に責任と義務を負うようになり、以前は、夜間勤務の禁止、育児休暇などは大きな社会的成果で女性の特権だと考えられてきたのに対し、今日の女性はそれを抑圧の一形態とみなしているからである。

二〇世紀の終わり、人びとは新千年紀の始まりを二〇〇〇年に祝うべきか、あるいは二〇〇一年に祝うべきかよくわからずにいた。世界の終焉を待っていた人びとにとって、それは重要な問題だった。けれども、大多数の人は世界の終焉など信じておらず、そんなことはどうでもよいと思っていた。また、ある人たちは世界の終焉を待ちかまえていたが、それは何の変哲もない普通の一日に起こるにちがいないと信じていた。キリ

陰陽道

電気系統のトラブル

スト教徒のなかには、後世に伝えられた年よりも四年早くキリストは誕生しているのだから、二〇〇〇年は実際は二〇〇四年なのだと主張する者もいた。また、ユダヤ暦ではすでに五七六〇年になっているが、イスラム暦では一四一九年であり、ユリウス暦はグレゴリオ暦よりも短いので一九一七年の十月革命が勃発したのは一一月だと言う者もいた。仏教徒にしてみれば、それはどうでもよいことだった。仏暦では二五四二年になっており、それよりも、来世で何に生まれ変わるのか、カエルになるのか、それともオナガザルになるのか、という点により大きな関心を寄せていた。仏教と道教は、二〇世紀のヨーロッパで多くの信者を獲得し、信者たちは銅鑼を鳴らしたり、腹式呼吸をしたり、陰陽道を語ったり、神秘的な書物を著したりした。そして、世界は謎に満ちているが、それは見かけだけで、現実にはすべてが調和しているのだと主張した。神秘的な体験をした人はそれについて書いた。というのも、メディアの時代が到来し、誰もがこぞって本を書きたがるようになったからである。世界の終焉以上に人びとが恐れたのはテロ攻撃や電気系統のトラブルだった。電気系統にトラブルが起こると、テレビ、ビデオ、電子レンジ、ＡＴＭ、空港、高速道路や都市部の信号、新しいビルのエレベーターがすべて停止する事態に陥るからだった。テロは二〇世紀になって激増したが、それはテロが大きな不満を表明する方法だったからである。最もよく知られているのは、一九一四年、サラエヴォで起こったオーストリア皇位継承者の暗殺事件で、第一次世界大戦、すなわち二〇世紀をもたらす契機となった。専門家たちが一般市民に警鐘を鳴らした電気系統のトラブルに**二〇〇〇年問題**というものがあった。暦が二〇〇〇年一月一日に変わる、九九年一二月三一日真夜中零時に、それは起こるはずだった。情報機器の多くのアプリケーションが二桁の暦を使用していたために、電気系統が二〇〇〇年を一九〇〇年と認識してしまう危険に脅かされたのだ。あたかも、二〇世紀も、そしてオーストリアの皇位継承者の暗殺もなかったかのように。

多くの男性が戦う

第一次世界大戦では戦争のプロパガンダが出現した。なぜなら、戦争は至るところで、銃後でさえも進行しており、クリスマスまでに終結させるためにも、銃後の人びともまた犠牲となる心の準備をし、決意をかため、そのような事実を受け止めなければならなかったからである。多くの男性が前線で戦う一方で、女性は男性に代わって工場や公共交通機関などで働いていた。宣伝省は、民間人を対象にしたポスターを次々と考案した。ポスターでは、オーストリア女性がWIR HALTEN DURCH! と、イギリス女性がWOMEN OF BRITAIN SAY――GO!と、ハンガリー女性がHA MAJD EGYSZER MINDNYAJAN VISSZAJOENNEK!と、イタリア女性がSEMPRE AVANTI!と、フランス女性がILS SONT BRAVES, NOS GARS!と、アメリカ女性がGEE! I WISH I WERE A MAN! I'D JOIN THE NAVY!とそれぞれ訴えかけた。意味はこうなる。私たちはあきらめない、前へ進め、いつかは私たちのところへ戻ってくる、前進あるのみ、夫たちに怖いものはない、あぁ、私が男だったら、すぐにでも海軍に入隊するのに。まもなくすると、ポスターには子供も登場するようになり、イギリスのポスターには、卵からはいはいして出てきた乳児が銃と銃剣を手にして、**まだナチ公はいるのかい?**と問いかける姿が描かれていた。宣伝省では、最終的な勝利を支援する最善の方法をめぐって検討が重ねられていた。ドイツ人は、フランス人はカエルを食らい、ロシア人は子供を食らうと言っていたが、これに対して、フランス人は、ドイツ人が食うのは子供と臓物だと言い返した。女性たちは、前線にいる見知らぬ兵士に小包や手紙を送り、兵士たちはそれに返事を書き、相手の年齢をたずねていた。手紙が届く前に兵士が命を落としたときなど、上官は、まだ手紙を受け取ったことのない、同じファーストネームの兵士を部隊から探し出したりした。女性は手紙を送るばかりか、武器工場で働き、爆弾や毒ガスの製

クロールができる者

造に従事した。イギリスの武器工場では、一〇〇万もの女性が働き、そのなかで、一日当たり平均して一八名が視力を失い、ガス中毒で命を落とす者もいた。武器工場で働いているうちに、女性たちの髪はオレンジ色になり、顔は黄色くなっていったので、カナリアと呼ばれるようになった。医師は、彼女たちの三分の二は戦後妊娠できない身体になるだろうと推測した。毒ガスの目的は敵軍兵士の士気を喪失させるためのものであったが、敵の戦線を攻略することはできずにいた。ガスマスクを装着できなかった兵士は、水に溺れたような動きをした。クロールができる者はクロールの動きをし、クロールができない者は平泳ぎか犬掻きのような動きでガスから逃れて、どこか息ができるかもしれないところに泳ぎつこうとしていた。

第一次世界大戦以前、都市部の住民は石油ランプを、農村部の人びとはろうそくを使い、暖房には石炭や木材を用いていたが、このような生活はそれほど長くは続かなかった。というのも、都市部には電気が引かれ、そのおかげで、最も狂気じみた夢さえも新世紀に次々と実現されるはずだったからである。初めのうち、農村部の人びとは電気を恐れただけでなく、ラジオやレコードを持っている人などわずかしかいない時代にあって、こんなものが何の役に立つのかと首をかしげていた。第二次世界大戦が終わり、冷蔵庫や洗濯機や脱水機やテレビが製造されるようになってようやく、農村部の人びとはラジオを聴いたり、テレビを見たりして、都市での出来事を初めて知ることができたと口にし、政府に電気を引くよう嘆願するようになった。技師はラジオのことを無線電話と呼んでいたが、老人のなかには、ラジオは前払い制の電話のようなもので、誰かが電話をかけると、どこで戦争が始まったか教えてくれるにちがいないと言う者もいた。初めてテレビを目にした人のなかには、博覧会で見たキネトスコープのようなものだと思い込み、娘婿か孫か家族の誰かが隣の部屋で取っ手を回してからかっているのだと思う人もいた。老人のなかには、テレビやラジオの司会者の問いかけに答えるのが癖になってしまう人もいて、テレビやラジオで誰かが、**このあとどうなったと思いますか？**と問いかけると、**おいらにゃ、まったくわからんね**、と答えたり、テレビやラジオで誰かが、**明日の天気はどうなるでしょう？**と尋ねると、**降ってもらわにゃこまんなぁ、そうでねえと畑がしんぺえだぁ**、と答えたりしていた。画期的な成果を収めたのは衛生の分野だった。第一次世界大戦以前、人びとはめったに入浴しなかった。もし入浴したとしても、ひとつの桶に家族全員が浸かり、家族全員だけでなく近所の人たちも浸かっていた。都市部の裕福な家庭には浴槽が設けられ、まもなくお湯の配管も整備された。けれども、裕福でない人びとは、都市部か農村部であるかを問わず、お湯には微生物がわいているにちがいないと思い込み、しばらくのあいだお湯を恐れていたという。微生物がいったいどういうものかの知識はなかったが、それが健康な身体にはそぐわないものに違いないという認識はあったのだ。医師は人びとの啓蒙を始め、お湯には普通の水に含まれている以上の微生物はいないと説明したが、実際のところ、これも明らかにはなっていないらしい。だが目標は徐々に農村部でも達成されるようになり、月に一回、二週間に一回、ひいては週に一回、定期的に入浴するようになった。二〇世紀末になると、先進国では一日に二回、あるいはそれ以上風呂に入ったり、シャワーを浴びたりするようになり、水洗トイレやミシン目入りのトイレットペーパーをどの家庭でも見かけるようになった。ミシン目入りのトイレットペーパーを発案したのはスイスの製紙業者で、一九〇一年、イタリア王暗殺の容疑がかけられていた無政府主義者をスイス政府がイタリアに引き渡したのと同じ日のことだった。新聞には、人目を引かないかもしれないが重要な発明であると書かれていた。一九一四年には、あるフランス人女性がブラジャーを考案し、スポーティな現代のライフスタイルを望む女性たちに新しい生活をもたらし、かたやコルセットの消滅はそれまでありとあらゆる偏見と結びつけられていた古い世界の終焉を表わしていると新聞は論じた。一九三五年には、アメリカ人が胸の小さい女性向けにパッドのついたブラジャーを考案した。一九六八年には、西側の都市で女性の権利を主張するデモ行進が行なわれ、新聞記者たちの眼の前でわざとブラジャーを外し、男女平等を訴えた。そして一人当たりの水の消費量が一日一〇リットルであったものが一五〇リットルになり、世界中で地下水の水位が下がり、半世紀後あるいは一世紀後には水が不足する危険が生じた。

地下水の水位が下がる

第一次世界大戦の開戦から一年、もしくは一年半のあいだ、双方の兵士が撃ち合いをやめ、何時間ものあいだ自然な休戦状態になり、戦争などないかのように兵士が振る舞うことがあった。ヴォークワにいたドイツ兵のもとにはよく訓練された犬がいて、ドイツ軍とイギリス軍のあいだを行ったり来たりし、パンや煙草やチョコレートやコニャックを運んでいたという。ドイツ軍には煙草やチョコレートがあったが、パンやコニャックはなく、イギリス軍にはパンやコニャックが十分にあったが、煙草はわずかしかなかったからだ。プレダッツォでは、オーストリア兵が、**ぼくらの猫と葉巻をあげるよ、**

というメッセージが書かれたカードを猫に巻きつけ、イタリア兵のもとに送った。猫の背中には葉巻が結わえてあった。イタリア兵は葉巻を吸ったあと、その猫を殺して食べてしまったという。

兵士たちはクリスマス・キャロルを歌う

一九一四年、クリスマス・イヴを迎えたカレンシーでは、ドイツ兵とフランス兵が入り乱れてクリスマス・キャロルを歌い、そればかりか健康を祝して乾杯したり、互いに冗談を言い合ったりした。そしてドイツ人は、カエルを食べるというのは本当なのかとフランス人にたずね、フランス人は、ビールを飲むと髭が伸びるのは本当なのかとドイツ人にたずねた。軍の司令部では、兵士を休養させ、かつ休暇を節約させるひとつの手段として、自然に生じた休戦状態を黙認していた。だがのちに、ドイツ軍の最高司令部は、敵に対するプロパガンダや情報作戦の一環としてそのような休戦状態を利用しない手はないと判断し、ビラや葉書の印刷を始め、ドイツ兵は地雷の埋まった戦場を横断して、煙草を添えた手紙を敵方に送るようになった。ビラには、イギリス軍がフランス軍を助けているのはうわべだけだ、とか、東部戦線などもはや存在しない、とか、ロシア軍はウラル山脈まで後退を余儀なくされた、などと書かれていた。絵葉書にはドイツ軍の捕虜となったフランス兵の写真があったが、どういうわけか、皆、顔はよく日焼けしており、身につけた軍服には汚れがまったくなかった。

二一世紀の到来を心待ちにする人たちもいた。そのような人たちは、二一世紀は人類が過去の過ちから学ぶ新たな機会であり、この機会に新しい時代の要請にこたえる新しい人間が誕生しなければならないと主張していた。過去の誤りから学ぶことで新しい人間はエネルギーを蓄え、寛容さを増し、前向き《ポジティヴ》な存在となるため、もはや、戦争も、病気も、洪水も、地震も、飢餓も、全体主義国家もなくなるはずだった。二〇世紀は人類の歴史のなかで最も多くの人間が殺された世紀だと言われている。二一世紀の到来を心待ちにしていた人びとは、二一世紀は二〇世紀より悪い時代になるはずがないと考えていた。だが、もっと悪いことはいつでも起こりうるのではないか、少なくとも二一世紀は二〇世紀と同程度に悪い時代になるだろうと述べる者もいた。聖書を読む人びとは、人類はいつまでたっても学ぶことがないと口にしていた。聖書にはありとあらゆることがアナグラムや並べ替えによって記述されているので、いつ誰が誰を暗殺するとか、いつどこの政府が崩壊するかとか、誰がどこの国の大統領になるといったことも書いてあるという。たとえば、**ヴェルダンでは五〇万の人びとが死ぬ**とか、**ツィクロンB**とか、**エイズという病**、あるいは**ロシアにおける共産主義の崩壊**について記述されており、すでに起きたこと、そしてこれから起きる出来事のあらゆる日付と詳細がすべて書かれている。だが、何が書かれてあるかは事前に知ることはできない。なぜなら、そもそも何を探すべきか、わからないからである。何を探すべきかわかりさえすれば、聖書には全部書いてあるのだから、ことが起きる前にわかるのだが、そうするとそれは起こらないことになって、聖書にそんな記述があるはずもないことになる。理解できない人がいるのはおかしなことで、自分たちは調べたのだからというのである。またある人びとは、

世界の終末

世界の終末は今すぐにでも訪れるはずだ、と語り、また別の人びとは、しばらく時間が経ってからだろう、と述べた。人類学者によれば、世界の終末は、個人の生活および共同体にとって重要なものだという。というのも、恐怖と攻撃性を払いのけ、自分の死と折り合うことができるからである。心理学者によれば、何よりも個々人が攻撃的な性癖を発散させることが肝要で、一番ふさわしいのはスポーツをして競争することだという。そうすれば、あらゆる人が攻撃的な性格でなくなり、死者の数は戦時下よりもはるかに減るだろうとのことだった。

心理学者は肝要なことを伝える

一九四四年から四五年にかけて、五〇万人もの女性がドイツ軍に入隊した。ドイツ兵

が後退する経路を確保するために地雷除去の特殊部隊で勤務する者もいれば、ドイツの都市を爆撃する敵軍の戦闘機を撃墜する者もいた。さらに、四〇〇万もの女性が民間防衛に協力し、爆撃を受けた住宅の廃墟から遺体を掘り出し、疫病を防ぐため集団墓地に埋葬したりした。遺体焼却に関する特別講義を女性向けに実施する町もあった。授業は四日間にわたり、一五名から二〇名ずつのグループを対象に行なわれた。砕骨機の操作方法、遺体を埋葬するときの穴のならし方、その穴に樹木を植えるために土をふるいにかける方法といったことがらを習ったのである。酸素の再生を促すため、樹木は都市部では重要なものであり、遺体を焼いたあとの灰は果樹園や農場で肥料として用いることができた。ドイツでは有機肥料が不足しはじめていたためである。住宅の廃墟に埋もれた遺体は身を寄せ合っていて、二、三体の遺体が手をつないでいたり、抱き合っていることもあり、身体を引き離すには鋸を用いなければならないこともあった。ある女性は遺体に鋸をかけることを拒んだため、処理部隊の指揮官にサボタージュとみなされ、射殺が命じられた。だが命令を受けた兵士たちはその間に脱走してしまった。

イペリットはありとあらゆる毒ガスのなかで最も効果的であったため、塩素、ホスゲン、クロロピクリン、シアン化水素、あるいはアルシンといったその他の毒ガスを徐々に圧倒し、第一次世界大戦後もしばらくのあいだ広く用いられていた。その間、科学者は、ルイサイト、タブン、サリン、ソーマンといった新たな毒ガスを開発した。軍事目的で毒ガスを使用することは、一八九九年、一九〇七年、一九二二年、一九二五年、一九四六年、一九五四年、一九七二年、一九九〇年、一九九二年に開催されたさまざまな会議で禁止されている。前線でも後方地域でも、毒ガス対策の訓練が行なわれ、軍人も民間人も、すばやくガスマスクを装着し、フィルターに泥や塵芥が付着しないように注意する方法を学んだ。一九一五年にはフランスで馬用の特殊なガスマスクが発明され、一九二二年にはドイツで犬用の特殊なガスマスクが考案された。世紀末には、ガス中毒の解毒剤が考案されたが、しばらくするとその解毒剤は、肝炎や肺炎や頭痛を引き起こしたり、記憶力の低下を招くことが判明した。第二次世界大戦中、ドイツでは年間一万八〇〇〇トンの毒ガスが製造されたが、ドイツ軍の参謀は、毒ガスの使用は軍隊の前進、のちには退却の障害になるという判断を下していた。ドイツ人は、強制収容所でロマとユダヤ人を撲滅しようと毒ガスを使用し、ツィクロンBと呼ばれる、大量の人間を短時間で安価に殺害できる毒ガスを発明した。ツィクロンBは、その成分からして消毒薬の一種だったが、一九四〇年二月、ブーヘンヴァルトにおいて初めて試用された。チェコ警察がブルノで身柄を拘束した二五〇人のロマの子供たちが対象となり、その結果、他のガスよりも効果があることが判明した。

二〇世紀の大いなる失望は、義務教育や技術革新や教養や文化のおかげで人間がより優れ、より人間的になるはずだと一九世紀に期待されたことが実現しなかった点にある。殺人犯、拷問や大量殺人を行なった人物の多くが芸術愛好家で、オペラを聴いたり、展覧会に出かけたり、詩を書いたり、人文科学や医学などを学んでいた。哲学者のあいだでは、二〇世紀の到来とともに人文主義の時代が終焉し、ポスト人文主義と呼ばれる新しい時代が始まったという見解が広まった。ポスト人文主義と名づけられたのは、まだどのように定義づけをすべきかはっきりしなかったからである。歴史家や哲学者が言うには、人文主義とは文字の文化であり、社会を文芸共同体として治めることを可能にしていたのだが、一九一八年にはラジオが、一九四五年以降はテレビが登場し、そして一九八〇年代と九〇年代の技術革新を経て、そうした文化はもはや通用しなくなった。人文主義にとどめを刺したのは、バイオテクノロジーだった。それで結構じゃないか、人文主義は何世紀かけても人間を最適化することができなかったのだから、人間の思想史における大変なまやかしではないかという見解の人もいた。バイオテクノロジーは人類史上初めて出生前の選別を可能にするのだから、人間の最適化にとって新たな機会になるはずであり、未来のための緊急課題は最適化の規範を見出すことであるという。また、そのような見解は真実ではなく、人間が自分の行為に対して責任を負うようになったという意味において、人文主義は人間を最適化したのだから、それだけでも大きな進歩だと言う人もいた。だが、次第に責任は時代遅れになり、現実には効率と成果に取って代わられ、新しい人間は責任を負うのではなく効率を重視すると考えられるようになった。効率とは物事の自然な流れのなかにあるのに対して、責任とは人文主義が捏造したものであり、成果があがらなかったことに対する言い逃れにすぎないというのである。

人間の最適化

新しい人間

第一次世界大戦が終わると、共産主義とファシズムがヨーロッパ中に広がった。民主主義体制では世界戦争を防げず、資本主義は経済危機をもたらしたのだから、古い世界は腐り切っている、新しい道筋をつけることが必要だと多くの人が考えていたからであ

世界は腐り切っている

る。共産主義者やファシストは、誇り高く、たくましく勤勉で、立派な新しい人間をつくりあげようと考え、より高次の公正さと集団生活の一員としての意識を養うことが肝要であると説いた。より高次の公正さが求められたのは、民主的政府はすべての市民に同等の権利を憲法で認め、人間は平等であるとしていたのに、実際はそうではなかったからだった。共産主義者やファシストはまた、人権というものは、労働者を搾取するブルジョワの利益を隠蔽する口実にすぎないと考えていた。そして、古い世界に完全に見切りをつけ、新しい世界をつくりあげるには、腐敗したブルジョワ世界を排除する必要があると言った。ファシストは、かつてすべての人がキリスト教徒であったように、新しい世界では誰もが労働者になると考え、共産主義者は、新しい世界では階級のない社会が支配することとなり、そこでは誰もが万人のために労働することになると言っていた。共産主義者によれば、人類の歴史が自然に到達する最終段階が共産主義であり、そうなれば、人びとは午前中に肉体労働をし、午後には精神的な労働をするという。共産党が誕生したのは一九一八年のソ連でのことであり、ファシスト政党が誕生したのは一九一九年のイタリアだった。ファシズムはイタリアから全ヨーロッパに広まっていったが、それは、政治権力が堕落し、複数政党制は金がかかるだけで誰も得るところがないと人びとが感じていたからだった。共産主義者とファシストは、ともに複数政党制に反対し、複数政党制と民主主義は社会の堕落と価値の崩壊を招くと述べていた。そして、自分たちが権力の座についたら、利益を享受するに値しない人を除き、すべての人びとに、快適で幸せな生活を保証する、また、社会の健全なる中核部分が自由に発展することを保証し、革命的思考能力のない、古い世界にしがみつく寄生虫を排除する必要があるとした。ドイツでは、人種の純化を推進するナチズムが誕生し、アーリア人が下等な人種と交わったり、アーリア人の血統を穢《けが》したりしてはならないと主張した。白人で金髪で、頭頂に対する頭幅の比率の指数が七五以下で、創造的な精神と集団生活の高い意識を持つ人間がアーリア人とされた。自然は残酷だが、公正だとナチは言った。新しい革命的思想や価値、より高次の公正さを根付かせるには、残酷かつ公正でなければならないとも言った。また歴史とは真実と嘘のあいだで繰り広げられる永遠の戦いであり、自分たちこそが真実であるとも語った。そのため、どちらの側に立つか、誰もが選択しなければならない、選択できない者は歴史の荒波のなかに消え去るしかない、と述べた。

ナチは、アーリア人種を堕落から守るため、大量の人を安価にかつ容易に殺害できるツィクロンBとガス室を考案した。ナチは、アーリア人こそがあらゆる人種のなかで最も優れており、アーリア人のなかでも自分たちが最も優れているとした。というのも、戦争ができ、商売上手で、仲間と飲んだり歌ったりすることができるからだ。ヨーロッパは堕落しているが、この堕落したヨーロッパをこのまま崩壊させてしまうのは大きな誤りであり、自分たちこそがヨーロッパの崩壊を防ぐことができるとした。そしてロマやスラヴ人や精神異常者や同性愛者といった何をするにもふさわしくない輩を、なかでもユダヤ人を排除すべきであると説いた。ユダヤ人はヨーロッパを穢そうとしているからだという。ドイツ国内で、そしてドイツ軍に占領された国々では、ユダヤ人が一斉検挙され、強制収容所へ連行された。収容所では服を脱がされて裸にされ、ガス室と呼ばれる特別施設のなかへ送り込まれた。そこは、窓がなく、入り口がひとつしかない大きな部屋で、天井に管がのびているだけだった。なかに人が溢れ返ると、管からガスが放たれ、人びとは窒息死した。死んだ人びとの口から金歯が抜かれ、なかには皮を剝がれる者もいて、上官や高名な政治家のためにランプシェードが作られた。ガス室へ送られる前に人びとは髪を剃られ、髪の毛はマットレスの詰め物か、人形の鬘《かつら》として用いられ

ヨーロッパは堕落している

ユダヤ人はヨーロッパを穢している

ドイツ兵がグダンスクで発狂する

た。科学者は、殺された人びとの脂を用いて、ドイツ兵用の石鹸を製造する方法を考案した。五キロの脂に、水一〇リットルと苛性ソーダ一キロを加え、三時間ほど火にかけたあと、塩を少々加える。沸騰したら火を止め、膜ができるまで冷ます。そのあと、膜を取り出して粉々にし、ふたたび沸騰させ、もう一度冷ます前に臭い消しの特殊な液体を加えるといった手順だった。グダンスクでは一人のドイツ兵が発狂したという。戦前に付き合っていた女性がユダヤ人であることを知らなかったばかりか、その彼女はアウシュヴィッツの強制収容所へ連行されていたのだ。友人たちは彼をからかおうとして、こう言った。グダンスク解剖学研究所の所長から聞いた話だけど、お前がこの一週間のあいだ体を洗っている石鹸はお前の彼女の死体から作られたものなんだよ、と。その後、兵士はドイツ国内の精神病院に収容された。

時が経つにつれて、大多数のキリスト教徒は、聖書は科学的なものではなく、むしろ象徴的なものであり、天地創造についてそれほど詳《つまび》らかにしてはいないかもしれないが、そもそも聖書とは寓意なのだからそれでもかまわないという見解を共有するようになった。寓意とは、宇宙と人間の運命の秩序を解く鍵であり、ありとあらゆるものが同一の高次の意志に支配されており、いずれにせよ、その背後には何かがあるはずだという。なかには、新たにセクトを設立し、さまざまなものを信仰の対象にするようになった者もいた。人間みずからが神になることができると主張し、万物の再生を信じ、人間の系譜を辿るべく遺伝学研究所を設立する者もいた。肉を食さず、アルコールも飲まず、煙草も吸わず、やがて訪れるであろうキリストの到来をひたすら心待ちにし、楽園に到達することを楽しみにする者もいた。すべての人間の内部には光が宿っていて、瞑想を十分に行なえば、聖霊がその光を点滅させると信じる者もいた。とりわけよく知られているのが、エホバの証人、ペンテコステ派、アーミッシュだった。アーミッシュの人びとは電気の使用を嫌い、ランプを点して生活し、黒い服を身にまとった。技術革新が進んだため人間は神から遠ざかっているが、それは人間の精神を破壊しようと企む反キリストの仕業にちがいないと主張した。エホバの証人の人びとは、魂の不滅を信じず、自分たちは死後、地上に戻り、永遠の至福のなかに暮らすと信じていた。そして聖書に登場する一二の族長もまたその地に戻ってくるとして、族長たちのために巨大な建造物をカリフォルニアに建設した。人びとは地上の言語を忘れ、信念と思考の力でコミュニケーションするようになるという。世紀末には終末論的なセクトが増え、世界の終わりの到来を加速させようとし、終末の前に光を見定めた者だけが入ることのできる、より良い、新たな世界を建設しようとした。キリスト教徒の数が減少するにつれて、神のようなものは存在するのだから、どこかに探さなければならないと考える人びとが増えるようになった。また、地球上の生命、少なくとも人間は、地球外の力が介入したことで誕生したに違いないと考え、はるか昔に宇宙人が地球に降り立ち、知的生物を誕生させるために酸素を散布したり、猿を誕生させたりしたのだと信じる者もいた。一九五四年には、あるアメリカ人がサイエントロジーを創始した。サイエントロジーは、自由に到達する唯一で真の道であり、全人類の解放を可能にすると彼は主張した。世界を創造したのは神ではなく人間だとも述べ、人間がかつて不滅の精神的な存在であったときに世界を創造したのだという。だが天地創造の際に問題が起きたため、人間は力を失なって衰退し、自分たちが不滅で精神的な存在であるのを忘れてしまったのだという。しかしサイエントロジーによって、人間は物質、空間、時間の連鎖から解放され、自分たちの意識を再発見し、さらに喪失した力を発見することができるのであった。

世紀初頭には、実証主義や電気や発明や生物学や哺乳類の進化や心理学、そして一般に社会学として知られる社会物理学といったものが広く信じられていた。近代科学が人間に提供する最新の知識ならびに手段を活用することで、非の打ちどころのない人間を生み出し、より理性的で、より人間的な新しい世界を構築できると科学者は推断していた。一九世紀から二〇世紀への転換期には、完璧な人類の構築を研究対象とする優生学が普及した。優生学者によれば、人類のなかには健全で優れた人びとがいる一方で、精神異常者や犯罪者や大酒飲みや娼婦といった低劣な人びとがいるため、人類の進化が妨げられているという。そして、生物学的に欠陥があり、生来の遺伝的な傾向のため反社会的生活を営むこのような人びとを人類の進化の過程から排除できるような法案の提出を政府に提案した。それればかりか、社会の欠陥を取り除き、内実を健全に保つには、生物学的な欠陥を有する人びとを断種しなければならないとも主張した。優生学者は統計を駆使し、たとえば、アルコール中毒の女性が八三歳まで生き、全部で八九四人の子孫を残すとすると、そのうち、六七名が犯罪の常習者、七名が殺人者、一八一名が娼婦、一四二名が乞食、四〇名が精神異常者、合計四三七名の反社会分子を生むことになるという。さらに詳細な計算によると、四三七名の反社会分子に対して、一四〇棟の集合住

より人間的な世界

健全な内実

反社会分子

宅の建設に匹敵する額の予算が必要になるという。ナチは、断種や去勢や強制堕胎や特殊施設への収容にも莫大な経費がかかると判断し、その分、その経費をより適切な方法で活用できるはずだと考え、人類進化の道程から反社会分子を排除する最も簡易な手段として、安楽死を選択した。二〇万人以上の反社会分子が強制収容所に収監され、ガス室で殺害された。つまり、ナチは、ユダヤ人問題に関する最終解決を宣言する以前に、ガス室を試験的に運用していたのである。強制収容所では、反社会分子は胸に黒い星をつけていたが、ユダヤ人は黄色い星をつけていた。政治犯は赤い星をつけ、反社会分子のなかでも特別なカテゴリーに分類されていた同性愛者はピンクの三角形をつけていた。

第一次世界大戦が終わると、命を落とした兵士たちを忘れ去ることがないようにと戦没兵士記念碑の建設が始まった。歴史家によれば、戦没兵士記念碑は第一次世界大戦以前にも存在していたが、西欧文明では一九二〇年代になって初めて、想起の普遍的なシンボルになったという。そのため、彫刻家や石工は次々と注文を受け、嬉々としていた。戦没兵士記念碑は、通常、石柱《ステレ》や方尖塔《オベリスク》だった。上部には命を落とした兵士の国籍に応じて、雄鶏、セント・ジョージ、鷲のいずれかが刻まれ、中央では穏やかで決然とした表情をした兵士が武器を手にし、下部には女性と子供がいた。人類学者や民族学者は、このようなものはインド=ヨーロッパ文明に特徴的であると述べた。戦没兵士の名前は、大抵アルファベット順で刻まれていた。記念碑には、**祖国**とか、**英雄**とか、**殉教者**とか、**忘れるな**といった表現が用いられ、時として、**戦争なんかくそくらえ！**と書かれていた。またある場所では、戦時中に命令に従わなかったために死刑を宣告されたり、強制労働をさせられたりした兵士の記念碑も建立された。一九一六年にはジュヴァンクールで、正規のズボンを持っていなかった兵士が、死んだ仲間のひどく汚れた血まみれのズボンを履くことを拒絶したために処刑された。一九二〇年には、永遠の炎が点されている無名戦士の記念碑がフランスで発案され、その後、イギリス、ベルギー、イタリアに広がり、さらにはチェコスロヴァキア、ユーゴスラヴィアなど、まだ国家としての歴史が浅い新しい国でも成功を収めた。無名戦士として葬られた者のなかには、爆発で頭を吹き飛ばされたり、敵の銃弾で身分証が吹き飛ばされたり、土砂に埋まったり、あるいは泥沼に沈んだ兵士が含まれているかもしれなかった。あるベルギーの兵士はコルトレイクという町で膝下まで泥濘にはまってしまい、仲間が四人がかりで引っ

インド=ヨーロッパ文明

無名戦士

張っても引き上げることができず、馬もすべて死んでいたためどうすることもできずにいた。それから二日後、軍隊が同じ道を後退しようとしたとき、その兵士はまだかすかに息があったが、外に出ていたのは頭だけで、もはや声を出すこともできなかったという。

馬も死んでいた

ナチが戦争に敗北し、戦勝国は国際裁判を組織することになった。ユダヤ人問題の最終的解決、ロマやスラヴ人の絶滅計画などをどのように呼ぶか、法律家たちは検討を重ねていたが、発案されたのはジェノサイドという概念だった。歴史家によれば、二〇世紀には世界中でおよそ六〇のジェノサイドがあったが、そのすべてが歴史的記憶として刻まれているわけではないという。そしてまた、歴史的記憶は歴史の一部ではなく、記憶は歴史の領域から心理学の領域へと移行しており、そこでは、もはや事件の記憶ではなく、記憶の記憶自体が問題となる記憶の新しい様態が確立したと主張した。記憶の心理学化によって、過去に対するある種の負債を清算しなければならないのではないかという感情を人びとは抱いたが、その方法や対象は明らかではなかった。のちに、ユダヤ人問題の最終的解決は、ホロコースト、あるいはショアと呼ばれるようになった。と

記憶の新しい様態

いうのも、ユダヤ人たちは、これはジェノサイドではない、まったくの別ものであり、ジェノサイド以上の、人間の理解の範疇を超えたものだと言い、ホロコーストをその他のジェノサイドと同列に語ることを望まず、これはユダヤ人だけに特殊なものだと主張したからである。多くの人びとは、ユダヤ人はジェノサイドを独り占めしているのではないかという感情を抱いていた。どのようなジェノサイドであれ、被害者は自分の経験を人間の理解の範疇を超えたものとして捉えているはずなのに、ユダヤ人は歴史的現実とその表象を混同している。そのため逆説的なことに、大半の人びとがホロコーストを映画の劇的な一シーンであるかのように想像してしまうことに加担しているのだという。また一部のラビは、ユダヤ人が強制収容所で死んだのは偶然によるものでも、手違いでもなく、前世に罪を犯した霊魂の転生だと言った。なぜなら、この世に生きる以上、魂が穢れずに敬虔でありつづけるのは稀なことだからだという。歴史家によれば、西欧社会は、記憶の連続体として歴史を理解する伝統から離れ、記憶は歴史の断絶に投影しているものと捉えるようになったという。また他のラビによれば、ホロコーストのあいだ、神は身を隠していたが、それは罰を与えるためではなく、神が秩序を与える以前の、闇が深淵を覆いつくす、本来あった状態に世界が回帰したからにすぎなかった。

メリー・ウィドウ

ある若いユダヤ人女性は、ストリュートフの駅のプラットフォームで《メリー・ウィドウ》のアリアをヴァイオリンで弾いたがために戦争を生き延びることができた。歴史家たちはまた、過去と歴史が一致する時代は完全に終わった、と述べた。歴史学が認識論的な時代に突入したからである。

ユダヤ人のマダガスカルへの移送

ユダヤ人問題の最終的解決をナチが検討しはじめたのは、ヨーロッパ内の全ユダヤ人をマダガスカルに移送することを決定した一九四〇年のことだった。ヨーロッパに残ることができるのは、アメリカやアルゼンチンに影響力のある裕福な親戚がいるユダヤ人だけだった。ナチが試算したところ、アメリカやアルゼンチンに裕福で影響力のある親戚がいるユダヤ人は約一万人いた。彼らは特別な強制収容所に収監され、九〇〇万におよぶその他のユダヤ人は、域内自治を許容する居留地が準備されたマダガスカルに移送される手筈になっていた。自然界が彼らを受け入れるはずはなく、ヨーロッパで飲み下したアーリア人の血が供給されなければ、ユダヤ人しかいない環境で彼らは徐々に退化していくにちがいなく、最終的に絶滅することになると想定されていた。マダガスカルへのユダヤ人の移送という案が初めて言及されたのは、一九〇五年に刊行され

神的動物学

テレパシー

た、ウィーンのある聖書解釈学者の著作においてだった。旧約聖書と動物学を研究していたその人物は、神的動物学という学問領域を考案する。彼が達した結論は、神は存在せず、世界を創りあげたのは人間と同じ起源を有する神々であるというものだった。この神々は電気信号を流すことができ、テレパシーをあやつる不滅の精神的存在であったが、時が経つにつれて、人間や動物と混じりはじめ、死すべき存在になったという。この人によれば、神々に最も近い場所にいる神‐人間の第一世代にあたるのがアーリア人であり、アーリア人のなかに電気的な力やテレパシーの中性子《ニュートロン》の残滓を見出すことができる。そればかりか、ユダヤ人をマダガスカルに移送する一方、ドイツ国内には、**ツフトクレシュター**、つまり交配修道院なるものの設立を提案した。そこでは、ドイツ人女性にアーリア人男性の精液を注入し、その結果、思想と電気の力を用いて、テレパシーで交信可能な神‐人間が生み出されることになっていた。マダガスカルへの移送には戦争と同じくらいの資金がかかると判断したナチは、一九四二年、最終的解決として、ありとあらゆる手段を用いてユダヤ人の絶滅を実施するという決断を下した。

人びとは、すし詰めの貨車に閉じこめられたまま移動させられた。トイレに行くこと

アーリア人種

ドイツ人は衛生面に留意する

もできず、誰かが息を引き取ったとしても、遺体は車内に放置されたままだった。労働を目的とする強制収容所もあったが、アーリア人種を脅かすユダヤ人の絶滅を目的とする強制収容所もあった。絶滅収容所に到着した人びとは、男女二つの集団に分けられ、あるいはさらに子供を別に分けることもあり、服を脱いで裸になるよう命じられ、脱いだ衣類は没収された。新しい労働者、通訳、あるいは若くきれいな小間使が必要とされたときにドイツ兵が該当者を選ぶことはあったが、それ以外の人びとはガス室へと送られた。列車を降りてからガス室に着くまでの道のりは、男性で一〇分かかり、女性の場合、長い豊かな髪を剃るために時間がかかったので一五分ほど要した。剃られた髪は、その後、マットレスの詰め物や人形の鬘として利用された。プラットフォームで混乱が生じないようにと、ドイツ兵は手始めに、君たちはこれから温泉に行くのだと告げたり、ときには入場券を配り、これは温泉の受付で手渡すものだと説明した。周辺の建物には看板があり、**食堂**、**受付**、**電報**などと書かれていた。彼らは恐怖を抱いたが、自分たちがいるのは駅であり、どこかに連れていかれるにちがいないと思い、服を脱がされたり、髪を切られたりするのは衛生上の理由によるものだと考えた。というのも、ドイツ軍は衛生面に関して大変留意していたからだった。収容所の管理局は、一〇〇キロ相当の髪に対して、国家から五ライヒスマルクを受領した。人びとは身体を洗ったら、また別の収容所に連行され、働くことになるのだと言い合っていた。勤勉な労働は矯正への最善の道とされていたからである。ガス室では、なるべく多くの人を詰め込めるように、人びとは両手を上げてなかに入らされ、最後の瞬間には、たいして場所を取らない小さな子供たちが頭上のスペースに放り込まれた。ときには、白いブラウスと青い海軍のスカート姿の若い女性の囚人で構成された音楽隊がプラットフォームに並び、オペレッタのアリアを演奏することもあった。

二〇世紀最初のジェノサイドが行なわれたのは一九一五年のトルコだった。コンスタンティノープルで暮らしていたアルメニア人の六〇〇の家族が政府によって逮捕されたのち射殺され、さらにトルコ軍に従軍していたアルメニア系の兵士が武装解除され、射殺された。すべてのアルメニア人は、二十四時間あるいは四十八時間以内に町や村から退去するよう命じられた。トルコ軍は市の外壁の門に陣取り、外に出ようとする人びとを、男であれば射殺し、女子供であれば、メソポタミアの砂漠地帯へと追放した。女性や子供は食べるものもなく三〇〇キロから五〇〇キロにわたる道のりを歩かなければならず、大半は道中命を落とした。フランス人、イギリス人、ロシア人は人道に対する犯罪と記した抗議文を歴史上初めて発表した。当時、トルコ軍に教官として派遣されていたあるドイツ人将校が、アルメニア人虐殺に関する六六枚の写真をドイツ国内に持ち帰り、ドイツは同盟国を注意深く選ぶべきであると書いた手紙に添えて、ドイツ皇帝に送った。トルコの恥は、その同盟国にも及ぶにちがいないと判断したからである。一九二八年から四九年にかけて、ソ連は、アルメニア人やタタール人やリトアニア人やエストニア人やウクライナ人やポーランド人やドイツ人やモルドヴァ人やギリシャ人や朝鮮人やカルムイク人やクルド人やイングーシ人など、疑わしい民族に属する六〇〇万もの市民を強制移住させた。そのうち三割が移動中に命を落とし、二割が移送された翌年に亡くなっている。のちに共産主義者は、これは強制移住ではなく、地理的空間の最適化であり、新しい超民族的な社会への第一歩であると述べ、このような社会においては、誰がどこに住んでいるかは重要ではなく、あらゆる目的のために全力で労働を行なうことが肝要なのだと主張した。一九三四年にはユダヤ人居留区をつくり、そこに居住させるべく国内のユダヤ人すべてを招き寄せた。居留区は、中国と国境を接するハバロフスクのはずれにあり、冬場には気温がマイナス四〇度にも下がる地域だった。共産主

追放のための一時収容所

義者は、これは居留区などではなく、ユダヤ人が同胞と暮らす自治区であると主張した。一九四四年には、四七万七〇〇〇人のチェチェン人を一万二五二五両の家畜用貨車に乗せてカザフスタンやキルギスタンに追放し、一九万のチェチェン人が空腹と極寒のためその途上で命を落とした。一九九九年には、疑わしいチェチェン人に対して、追放のために一時収容する特殊な収容所をつくった。一九四八年には、コスモポリタニズム、シオニズム、ブルジョワ的偏向という理由で、ユダヤ系のジャーナリスト、医師、技師が弾劾され、その大半は死に追い込まれ、そうでない者たちは強制収容所行きとなった。アルメニア人ジェノサイドの犠牲者数は一〇〇万人から一五〇万人と推定されているが、トルコ側はアルメニア人の虐殺は真のジェノサイドではないと主張し、大半のユダヤ人もこの点に同調した。

サイエントロジーの信奉者は、人間は本質的に善良だが、人によって優劣があると考え、人類を四つのグループに分類した。最も優れているのは、他の人たちが知らないことを知っているサイエントロジーの信奉者だという。第二のグループは、まだ目を開かれていない人びとで、大半がそこに属している。その五分の一は**ポテンシャル・トラブ**

ル・ソーシズ、つまり潜在的なトラブルの源と呼ばれ、サイエントロジーの奴らはどうかしていると言う人びとであり、二・五パーセントの人びとは、**サープレシッヴ・パーソンズ**、つまり抑圧的な人びとで、真実を抑圧し、人類がみずからを解放するのを不可能にしているという。サイエントロジーの信奉者は、旧世界が精神的な変容を遂げる瞬間に、この連中の正体を暴き、他の人びとに紛れ込ませないようにする七二の方法を考え出した。人類の解放を望まない人びとを識別するために、サイエントロジーの信奉者は、任期が一〇億年におよぶ特殊保安部隊をつくった。サイエントロジーの信奉者によれば、人類は遅かれ早かれ解放にいたるが、それにはまだしばらく時間がかかるという。この世の生活ですでに悟りに至ることができ、精神性や不滅への回帰を実現できるが、まずは、物質と時間の軛《くびき》から解放される必要があった。この軛を脱した人間は七五〇〇万年の時間を遡って旅することができ、その間に経験したすべてのトラウマを自覚することができるという。だが、トラウマは、エネルギーを喪失した代償かもしれない。トラウマのために喪失したエネルギーを見つけ出すには、人間の記憶の痕跡をとどめているエングラムをまず自分の意識から消去しなければならなかった。エングラムを消去すると、記憶や人間の定めから解き放たれ、時間を旅することができ、悟りに至ることができるという。

劣等分子および反社会分子の断種に関する法律は、一九〇七年、アメリカ合衆国で制定された。この法律は、重罪犯罪人や精神病患者の断種を認めるもので、一九一四年には、精神科医の提案により、犯罪常習者およびアルコール中毒者にも対象が拡大された。一九二三年、ミズーリ州で、黒人やインディアンの鶏泥棒までもがその対象となった。白人の鶏泥棒が対象外になったのは、改心し、努力して誠実に仕事をすれば、社会生活への復帰が可能であると判断されたためであった。断種法は、一九二九年にはスイスとデンマークで、一九三四年にはノルウェーで、一九三五年にはフィンランドとスウェーデンでそれぞれ制定され、スウェーデンでは一九七五年まで効力を有していた。裁判所の決定にもとづいて、一万三八一〇人のスウェーデン人男性と四万八九五五人のスウェーデン人女性に対して断種手術が施された。カトリックの伝統のある国々では、優生学的な法律が施行されることはなかった。カトリックの人びとは、神が人間に授けたものを奪う権利を持つ者などいないと主張し、進化論、断種、中絶に反対していたためである。他方、プロテスタントの人びとによれば、精神構造《メンタリティ》は進化するものであり、進化の拒絶はカトリックの人びとに典型的なことで、同じことを四〇〇年も繰り返し主張しているにすぎなかった。共産主義国家では、劣等分子を断種するには、医師による勧告さえあれば事足りていた。ユーゴスラヴィアやルーマニアやチェコスロヴァキアでは、アルバニア人女性やロマ女性に対してひそかに断種手術が施されていた。社会主義陣営では、アルバニア人とロマの数が不釣り合いに増加していると、これらの国々の政府が判断したからであった。ドイツでは、断種法はナチが政権に就いた一九三三年に制定され、手始めに、**ラインラントの混血児**と呼ばれる子供たちが断種された。

混血児

ラインラントの混血児とは、ドイツ人の母親と、ラインラントを当時占領していたフランス軍の黒人兵の父親との間に生まれた子供のことである。五一四人のラインラントの混血児が断種され、精神病院に送られた。ラインラントの混血児の母親たちは、敵とドイツ国家の転覆を共謀した罪でラーフェンスブリュックの強制収容所に送られた。

国家転覆

ラーフェンスブリュックの収容所は女性のみを収容する特殊な強制収容所であったが、やがて国家転覆を企てた女性のみならず、戦争捕虜、ドイツの工場や農場で働いていた占領国出身の女性労働者も収容されるようになり、九万二三五〇人の女性がラーフェンスブリュックで命を落とした。ダッハウの強制収容所には、ドイツ人医師が自由に利用できる低気圧室があり、癲癇の子供たちの行動を調査したり、遺伝性の癲癇と非遺伝性の癲癇の相違を解明しようと試みていた。一九一〇年、アメリカで優生記録所が設立され、二二年にはその所長が、健全で完全な社会の維持のために断種されなければならない社会不適合者の名簿を政府に提出した。名簿は、さまざまな医学的、社会的基準によって一〇のグループに分類され、過度に社会保障に依存している者、住所不定だったり十分な収入のない者、先天的な障害や慢性病を有したり、伝染病に感染している者、著しい視力障害を持つ者、聴覚に重大な欠陥がある者、浮浪者、精神異常者、精神病患者、犯罪者、娼婦、同性愛者、梅毒患者、アルコール中毒者、麻薬中毒者、結核患者、癲癇患者が挙げられていた。医師たちは、人間の癲癇とウサギの癲癇とのあいだに違いがあるか調査していた。ウサギは収容所当局がウィーンに注文していた。ウィーンはと言えば、マウトハウゼンの強制収容所に対し、解剖学研究所や医学部で使用する死体を注文していた。死体は新鮮で損傷のないものでなければならなかった。解剖学研究所は平均して年に四六〇体の損傷のない死体を注文し、その大半は解剖の授業で人体解剖に用いられた。ノルウェーでは、戦後、ドイツ兵の父親を持つ子供たちが未婚の母親たちから隔離され、精神病院へ送られた。多くの生物学者、遺伝学者、精神科医、人類学者は、遺伝学こそが電気に次いで近代科学において最も人類に寄与するものであると信じ、電気と同様、人間の物質条件を一変させ、世界を新たな時代に突入させるばかりか、社会の生物学的な基盤を根本から作り変え、世界に新しい時代をもたらすにちがいないと主張していた。だがその一方で、断種は何の役にも立たず、狂人および精神異常者の全体数を〇・九パーセント減少させるには二二世代を経なければならず、社会における狂人および精神異常者の数を一〇万分の一にし、社会が安定するにはさらに九〇世代を経なければならないと考える遺伝学者もいた。そして人類をより健全な道程へ導くには、何らかの手っ取り早い方策を見つけなければならないと述べた。

断種は何の役にも立たない

ヨーロッパでは女性が解放され、避妊具やタンポンや使い捨てオムツが発明され、子供の数が減少した。だがその一方で、玩具や幼稚園やすべり台やジャングルジムや犬やハムスターなどは増加した。子供が家庭の中心となり、家庭で最も影響力を持つ存在になったと社会学者は指摘した。子供は自立を求め、自身のアイデンティティを持ち、お下がりの帽子や靴をいやがり、新しい帽子や靴や絵具や積み木や熊のぬいぐるみや人形を始終欲しがるようになった。ヨーロッパの国々では、一九世紀の一万二五〇〇倍の数

子供は自立を求める

の人形が二〇世紀に製造され、それまでの木材や切屑に代わって、プラスチックで作られるようになった。時が経つにつれ、人形は泣いたりしゃべったりするようになり、より自立したものとなった。たとえば、**こんにちは**、とか、**召しあがれ**、といった言葉を発するようになり、泣いたり、食後にあくびをしたり、アリアのさわりを歌うことができる人形もあった。最も有名な人形はバービーという名で、一九五九年に製造が開始された。身長は三〇センチあり、胸や尻は豊満で、ウエストは細いこの人形は、大人のように振る舞う初めての人形であった。やがて言葉を話すようになり、**夜は、カレとデートがあるの**、とか、**ダンスパーティーには、何を着ていこうかしら？**　とか、**ねえ、私と服買いに行かない？**　と口にするようになった。初めのうちは、バレリーナ、女優、モデルなどの格好をしていたが、のちにスチュワーデス、教師、獣医、実業家、宇宙飛行士、大統領候補の服装をするようになった。一九八六年には、強制収容所の縞模様の囚人服と囚人帽を身につけたバービー人形が登場した。元囚人たちの諸団体は、犠牲者の苦しみや記憶を嘲笑するものだとして抗議した。一方、メーカー側は、強制収容所での苦しみを若い世代に知ってもらう適切な方法であり、縞模様の囚人服を着た人形を買う女の子はその人形と同じ気分になり、大人になったら、囚人たちが体験した苦しみとはどんなものだったか容易に理解するはずだと述べ、抗弁した。一九九八年、ドイツ人はホロコーストの犠牲者を追悼するため、遠くからでも見える巨大な記念碑をベルリンに建設することを思いついた。記念碑の役割は、何か好ましい歴史的な出来事を祝うほかに、未来の世代への警鐘の機能を持つからである。ホロコーストは、ありとあらゆる美学的な規則を逸脱するものであるから、芸術的なオブジェはホロコーストを表現するのにふさわしい手段ではないと考える人びともいた。また、これに対して、ホロコーストが表現不可能であることを表現しているものこそ、理想的なプロジェクトであろうと考える者もいた。四九五名の芸術家が、未来の世代への警鐘をどのように表現すべきかについて、さまざまな案を提出した。ぐるぐる回る八色の巨大な六芒星を提案する者もいれば、ゴンドラの代わりに収容所行きの貨車を吊した巨大な観覧車の設置を提案する者もあり、巨大なバスステーションを建設して、赤く塗られたバスや、強制収容所を終点とする時刻表を置こうと提案する者もあり、WARUM? WAAROM? VARFØR? WHY? POURQUOI? PERCHÉ? DLACZEGO? CŪR? KUIDAS? MIKSI? MIÉRT? ZAKAJ? KODĖL? HVORFOR? JIATÍ? PSE? NIÇIN? などとさまざまな言語で、**なぜ**、と書かれた三九本の鉄柱の設置を提案する者もいた。ホロコーストの犠牲者だけを追悼するのではなく、考

未来の世代への警鐘

観覧車

えうるすべてのジェノサイドの犠牲者を追悼する記念碑にすべきだという見解の人びともいた。そうすることによってのみ歴史の生々しい記憶がそこに留められ、さもなければ、単なる鋼や鉄の塊となって数十年後には誰にも何も訴えかけないだろうというのである。また、何らかの出来事の記憶を保存することで、そのようなことがくり返されないという保証にはならないのだから、記念碑の建造それ自体が問題だと主張し、新たな衝突や戦争を引き起こした記憶の保存の事例を挙げる歴史家もいた。

ホロコーストを生き延びたユダヤ人は、記念碑や博物館なども大事だが、何よりも重要なのは体験者の生の証言であると考え、学校を訪問し、体験談を生徒たちに語った。自分たちが死んだら、ホロコーストの記憶をどのようにして伝えられるかと自問する者もいたが、在スウェーデンの旧ユダヤ人囚人協会は、若者たちに証言を託すことにした。まず、話す内容をまるごと暗記させ、それまでと同じように学校を訪問させ、生徒たちに、これこれを体験した人物を知っているんだ、というふうに語らせる。その本人が死ぬ前には、さらに別の若者に証言を継承してもらうのである。一九四五年、ユダヤ人は世論に訴えかけ、新たなホロコーストを恐れる必要のない、ユダヤ人だけのイス

ダヤ人

あらゆるものが共有

ラエル国家をパレスチナに樹立するよう要求した。そして、アラブ人と、当時パレスチナを占領していたイギリスとのあいだで戦闘を繰り広げ、暗殺や非合法な入植を展開した。一九三九年、イギリスは移民の割当人数を公表し、ユダヤ人移民の数を七五パーセント削減し、ユダヤ人による土地購入を禁じる法律を制定した。一九四七年七月、ユダヤ人の不法移民を乗せた船がドイツからパレスチナにやってきたが、イギリスはその船を追い返した。一九三八年、スウェーデン政府はドイツ当局に対して、スウェーデンの国境警察が、ユダヤ人に見えないユダヤ人でもユダヤ人とわかるように、ユダヤ人のパスポートに大文字でJと記すよう要請した。パレスチナに着岸した船は、旧約聖書にちなんで**エクソダス**という名で、強制収容所を生き延び、約束の地への帰還を待ち望む四五〇〇人のユダヤ人を乗せていた。一一月、国際連合がイスラエル国家の樹立を宣言し、新しい国家が樹立される様子を一目見ようと、ヨーロッパから多くの人びとが訪れた。ヨーロッパからは若者たちが、**キブツ**と呼ばれるユダヤ人の農業共同体で働くべくやってきた。そこでは、全員が全員のために働き、ありとあらゆるものが共有され、誰もが一緒に歌を口ずさんだ。イスラエルの旅行会社が制作したポスターには、上部に、エルサレムに昇る太陽を真剣な面持ちで眺める若者が描かれ、下部には、**われわれの苦**

痛は無駄ではなかった、そして、特別価格でご利用ください、と記されていた。

おちんちんのある人形

性科学者によれば、バービー人形は、幼い女の子が女性としてのアイデンティティを初めて育む装置であり、この人形が大々的に受け入れられた背景として、子供にも性的欲求《セクシュアリティ》があることを示しているという。子供のセクシュアリティについては、二〇世紀によく取り上げられる話題となった。幼い女の子は父親の子供を産みたがり、その子供はそもそもペニスの代替物であって、つまり、幼い女の子もペニスを欲しがっていて、人形は父親とのあいだの子供であると同時にペニスでもあることがわかった。製造される人形は、長いあいだ女の子のみであったが、男の子の人形も作られるようになり、女の子の人形の股のあいだにはくぼみがあり、男の子の人形にはおちんちんがついていた。一九七〇年代には、黒い肌や茶褐色の肌の人形の製造も始まった。購入者の大半は白人家庭で、このような人形を購入することで、自分は人種主義者ではないと表明していたのである。人種主義は一九世紀に端を発する理論で、人種には不変の特性があり、それは進化の異なる段階で発現するという主張だった。この理論によると、最も進化を遂げているのが白人で、社会組織や抽象的思考や仲間と遊ぶことについて生来の才能を備えているという。だが、人種の混交によって白人の特性が脅かされ、白人が人類の先頭を歩むことを可能にしている遺伝的能力が損なわれるのではないかと危惧したのが人種主義者だった。ユダヤ人を嫌っていた人びとは人種主義者ではなく、反セム主義者であった。なぜなら、ユダヤ人は黒人やインド人やロマなどのように劣等と考えられていたわけではなく、正確には生来の異常者として捉えられていたためである。反セム主義者という表現が用いられるようになったのは一九世紀末であり、ユダヤ人の世界支配を望まず、同胞に抵抗を呼びかける人びとのことを指していた。第二次世界大戦後、人種主義は重要な社会問題となったが、それはヨーロッパの豊かな国々には多数の民族マイノリティが居住し、社会が彼らを吸収しなければならなかったからである。民族マイノリティを吸収する政治的モデルには統合と同化の二つがあった。統合は、市民社会においてはさまざまな文化モデルが共存でき、それぞれが混じり合うことなく、各自の独自性を保つべきであると考えた国々で採用された。同化は、普遍主義を信じ、民族的、文化的な独自性よりも社会的に高い次元で重要なことがあると考える国々で採用された。同化モデルは、長いこと統合モデルよりも成功を収めているように思われていた。イギリスやアメリカ合衆国のような人種紛争がなかったからである。しかし、世紀

時代遅れの普遍主義

末になってグローバリズムや世界主義《モンディアリスム》が取り沙汰されるようになると、普遍主義の流行は終わり、誰もが自分のアイデンティティを求め、自分の種に誇りを持ちたがるようになった。種といっても、人種という意味ではなく、文明という意味での種で、そしてまた伝統やルーツに立ち戻ろうと望んだ。

勃起不全症

セックスは二〇世紀のヨーロッパにおいてきわめて重要なものとなり、おそらく宗教以上に、また金銭に比肩するほど重要なものとなった。誰も彼もがいろいろな体位での性交を試みるようになった。コカインはいかなる使用も禁止されているにもかかわらず、長時間にわたって勃起を維持しようとして、自分の性器にコカインを塗りたくる男性もいた。第二次世界大戦後、主人公たちが性交するシーンが映画に登場するようになった。それ以前は、多くの人が神の存在を信じていたため、性交シーンは下劣なものと考えられていて、大抵の場合、ベッドや時計、空のカットが突然の暗転でほのめかされるにすぎなかった。女性はたえずオーガズムを求めるようになったため、男性はそれで神経質になって、勃起不全症になり、催淫薬をいろいろと試したり、幼少期に自分の知らないトラウマがないか原因を求めて、精神科医を訪ねるようになった。一九〇〇年に精神分析を考案したのはあるウィーンの神経科医で、心的過程を検討するために、無意識というものを用いて主体を規定しようとした。ノイローゼやヒステリーといったものは幼少時代に受けた性的なトラウマの現われであるとして、快楽原則、衝動の解放、抑圧、自我、超自我、リビドー、去勢コンプレックス、あるいはエディプス・コンプレックスといった新しい手法や概念を生み出した。一九三八年、彼はナチから逃れてロンドンに渡るが、四人の妹は強制収容所で命を落とした。気が滅入ったり、ノイローゼになっている理由を患者が自分で理解すると、体調はすぐに改善したが、そうなるのが普通だった。共産主義者によれば、共産主義社会で暮らす人びとにとってはよく働くことが最大の悦びなので、セックスなど必要ない。資本主義社会では搾取されているので、働くことは悦びではなく、そのために代償行為を必要とするのだという。また階級意識がなければ、たとえ無限に繰り返したとしてもセックスから満足感を得られるはずがないとも述べた。人びとが精神分析医に通いはじめたり、代償行為に耽って、社会主義陣営の連帯が脅かされるのを共産主義者は恐れていたのだった。退廃的な書物を読んだり、けばけばしい服をまとったり、奇抜な髪型をしたり、チューインガムを嚙んだりすることなども望まなかった。チューインガムを開発したのはあるアメリカの医師で、

快楽原則

社会主義陣営の連帯

ヨーロッパでは一九〇三年に初めて発売されたが、普及したのは五〇年代、六〇年代になってからのことだった。チューインガムを噛んでいたのは、くちゃくちゃとガムを噛むことで社会に対する姿勢を表明していた若者が大半だったが、彼らはまだ口に詰め物をする年齢ではなかった。

風は穂を波立たせる

一九五〇年代になると、映画の主人公たちはしばしば麦畑で性交するようになった。麦畑は若い主人公たちを待ちかまえる青春であり、新しい生活そのものだったからだ。風は穂を波立たせ、地平線には日が沈み、女たちの胸はせり上がっていた。六〇年代になると、映画の主人公たちは海岸の波打ち際で性交するようになったが、それはロマンティックな光景だったからである。砂が肌にくっつき、尻は丸見えで、海面には霧が立ち込めていた。六〇年代には最初のポルノ映画も完成したが、その映画では、ありとあらゆる場所でほとんど休みなく性交が行なわれていた。少女向け雑誌では、経験豊かな女性編集者が正しいフェラチオの仕方などを解説した。少年向け雑誌では、経験豊かな男性編集者が早くイかない方法、さりげなく避妊具を装着する方法などを解説した。

若年層をいかに

広告代理店は避妊具の広告を検討しはじめ、どうやったら若年層を惹きつけることができ

惹きつけるか

るかと頭を悩ませていたが、ある代理店は、《白雪姫》、《シンデレラ》、《ロバと王女》、《シェヘラザード》といったおとぎ話に登場するさまざまな人物が性交する広告写真を考え出した。文芸映画にも、以前にも増して性交シーンが登場するようになったが、ある批評家によれば、これらのシーンは現実の性交ではなく表象にすぎず、現実とはまったくの別物だということだった。また、性交シーンが非常に多い文芸映画については、この映画は愛に対するわれわれの昆虫学的なアプローチを表現したものであり、人類学的、文化的あるいは政治的な文脈のみならず、人間生活においても、性交の役割をより深く考えることができるようになるのだから、そのようなアプローチは正当なものだと主張した。七〇年代になると、映画の主人公はカー・セックスをするようになった。と

生活のスピードが速まる

いうのも、それは非常に独創的だったばかりか、生活のスピードがますます加速していたからである。おかげで、車を持たない若者たちは将来どんな生活が待ち受けているかを想像することができた。女性の解放が進んだので、ますます男性は女性の下に横たわるようになり、女性は男性の上に乗るようになった。八〇年代にはテレフォン・セックスが誕生し、男性がある番号に電話をかけると、女性が受話器越しに、**濡れてるわ**、とか、**もっとなかに入れて**、あるいは、**味わってもいいかしら?** などと話しかけるの

だった。

精神分析は六〇年代から七〇年代にかけて西欧で広がり、何か特別な病気にかかっているわけではないがどことなく無力で孤独でトラウマがあるのではないかと感じる人びとが精神分析医を訪れるようになった。患者が自分の恥を克服し、気が楽になると、幼少期のことなどを精神分析医に話すようになる。これを置き換えという。幼少期に記憶から追い出したものをやっと思い起こすからである。つまり、精神生活ではすべてが継続しており、一度起こったことは記憶から一時的に追い出されることはあっても、やはりどこかに残っていて、患者はそれを知らなくとも、精神分析医に言葉で手がかりを与え、精神分析医はそれをたどっていくのである。男の子や女の子が道徳に反する衝動を抱くようになると、本能を無意識のなかに抑圧してしまう。だが成長して大人になってから、何か奇妙な夢を見る。このことからトラウマを持っていることがわかるが、これこそが置き換えである。エディプス・コンプレックスとは、いけないとわかっていながらも女の子が父親と関係を結ぶべく自分の母親を殺そうとしたり、男の子が母親との関係を結ぶべく父親を殺そうとすることである。エディプス・コンプレックスについ

専門家の議論

ては、専門家のあいだでも議論が交わされていて、ある人びとは、エディプス・コンプレックスは普遍的なものだと考えたが、別の人びとは、これはウィーンなど特定の文化圏のみで見られるものだと考えた。一九一八年、ブダペシュトで戦時下における精神分析の役割に関する会議が開催された。大半の精神分析医は、戦時中の神経症は平時の神経症と同じ原因に起因するという点で一致を見た。また、何名かの分析医が電気ショックで神経症を治療してみてはどうかと提案し、兵士たちが、もうすっかり元気です、と言うまで電気ショックを与え続けようと言った。別の精神分析医によれば、電気ショックはトラウマを無意識の奥深くに移行させているにすぎず、治療にはならないと反論した。またそのほかにも、精神病院で戦争の終結を待ちながら、他の精神異常者たちとお

兵士はトラウマを装う

金や煙草を賭けてトランプをしようとして兵士たちはトラウマを装っているにすぎないと指摘する者もいた。

慈善団体

第一次世界大戦では、人道組織や慈善団体が躍進を見せた。というのも、第一次世界大戦は多くの点で革新的であったからだ。交戦諸国は、より大きな重火器や破壊兵器を使うことができ、兵役義務によって多数の兵士を戦場へ送り込んだし、長距離砲や飛行

船や飛行機の登場によって民間人を攻撃したり、敵の背後を攻撃して、戦意を喪失させようとしたりした。一九〇五年、敵味方を問わず、負傷兵の救護を約束する条約に一二か国が調印した。兵士は国家の成員である以前に、個人という存在でもあるからである。将軍たちのなかには反論を唱え、個人という考えに懸念を表明する者もいて、兵士は祖国の子であるのだから、祖国が命じるものに従わなければならないと述べた。これに対し、平和主義者と人道主義者は、個人は祖国ではなく人類に対してこそ忠実であるべきだと主張した。また別の人道主義者は、祖国が脅威に直面しているのであれば、祖国こそが人類を代表するものになるはずだと考えた。一九二九年には、戦争捕虜の適切な処遇を誓約した条約に多くの国が調印し、家族、妻、慈善団体、人道組織からの手紙や小包の受け取りが認められた。一九四一年、ソ連政府は人道組織に対して、捕虜となったソ連兵を支援したり、手紙や小包の仲介を行なわないようにと通達を出した。真のソ連兵であれば、捕虜になる前に死を選ぶはずであり、捕虜となった兵士はソ連兵の名をかたっているだけで、実のところは脱走兵なのだとソ連の将軍たちは述べた。人道組織は医療面での緊急支援も行ない、薬品や包帯を軍に供与したり、捕虜の待遇が適切であるか確認すべく捕虜収容所を調査してまわった。人道組織のなかで最も知られているのが赤十字だった。一九四二年には、スイス赤十字の代表は強制収容所内にガス室が存在するという情報を入手していた。だが情報を公表すれば、ドイツ軍が人道組織を信用しなくなり、捕虜収容所や病院への立ち入りが禁止されることを恐れ、情報の公開を断念したのだった。一九四四年には、ドイツは赤十字およびさまざまな国際組織の代表向けにテレジーン強制収容所での暮らしぶりを描いた記録映画を製作した。映画には、二七〇人の俳優と一六〇〇〇人の子供、数千人の大人が出演しているが、ブロンドの髪の者はユダヤ人に見えないという理由で、事前にはずされていた。映画のタイトルは《**ナチ収容所での素敵な生活**》というもので、ユダヤ人がカフェを訪れたり、菜園で野菜を育てたり、プールに飛び込んだり、現金を下ろしに銀行に行ったり、小包を受け取りに郵便局に行ったり、オペラを聴いたり、ヨーロッパ文明の意義について図書館で議論を交わす様子が描かれていた。撮影が終わると、ドイツ人は一一回におよぶ特別輸送を計画し、映画に出演したすべての人びとをアウシュヴィッツ絶滅収容所へ移送した。戦後、ソ連の戦争捕虜たちは故郷に戻ると、強制収容所に送還された。戦時中、戦闘に従事できなかったのだから、これから必死に働いてもらおうというのが政府の意向だった。第一次世界大戦以前の戦争では、病気や伝染病によって命を落とす兵士の数は、戦闘によって命を落とした兵士の五倍だったが、第一次世界大戦では、人道的支援、外科技術の発展や新兵器の進歩などによって死者の数は逆転した。これもまた、この戦争の革新的な点だった。

革新的な点

共産主義者とナチは、物事の自然な摂理にもとづく世界を樹立する必要性を主張した。歴史家や人類学者は、共産主義とナチズムは宗教信仰を革命信仰に置き換えたものだとあとから指摘した。共産主義やナチズムに人びとが賛同した動機は同じで、とりわけ自分は選ばれた者であり、人類の運命は自分の両肩にかかっているという意識がきわめて強かったという。人道主義者や啓蒙主義者は古い世界を崩壊に導いたが、未来の世界は、調和が取れ、力強く、犠牲を厭わない、連帯する個人から成り立つはずであり、すべての人は共通の利害と血のつながりで結ばれ、それこそ人道主義者や啓蒙主義者が古い世界を瓦解させたのと同じような事態を防ぐ防波堤になるはずだ、とナチは考えていた。これに対し、共産主義者は、すべてが共有されているがために、新しい世界ではすべての市民は交換可能で、人びとは全体として一体不可分で、個人的な利害など持つ者は誰もいないと考えた。これによって、支配階級の自分勝手な利害が古い世界を瓦解

人類の運命

同性愛者など

仕事をすれば、自由になる

させたような事態が防げるはずだった。両者が口を揃えて訴えたのはテロの必要性だった。民主主義に対してよく戦うことができるのはテロだけだったからだ。民主主義はすべてを蝕む根源であり、人びとが同性愛者、無政府主義者、寄生虫、懐疑主義者、個人主義者、アル中になっていくのを助長する。同性愛者、寄生虫、酔っ払いは厳しく糾弾され、共産主義下のロシアでは、酔っ払いの子供たちは日曜日になると、**お父さん、もう飲まないで、新しい世界に自分の居場所がほしいの、**と書かれたプラカードを首に下げて広場を歩かなければならなかった。ナチ支配下のドイツでは、酔っ払いは、**私はあり金をすべて酒につぎ込み、家族には何も残せませんでした、**と書いたプラカードを手にして広場を歩かなければならなかった。酔っ払いが改心しない場合は、公共のために労働するよう強制収容所送りになるのだった。ドイツの強制収容所の門の上には、**仕事をすれば、自由になる**とあり、ソ連の強制収容所の門の上には、**計画実現のために一致団結を、**とあった。共産主義者は、**こんにちは**と挨拶する代わりに**労働万歳**と言っていたが、これは労働こそが最も重要であり、全員が力を合わせて労働すれば、全世界で共産主義は勝利を収めるはずだと考えていたためである。**労働万歳**と言わずに、**こんにちは**とか、**やあ**とか、**神のご加護を**と挨拶する人は不審に思われ、愛国心のない奴だと隣人から言われる羽目になった。

一九三三年の選挙でナチが勝利を収めると、ユダヤ人のさまざまな活動を禁止する法律が制定された。ユダヤ人は、公職に就いたり、軍隊や法曹界やマスメディアでの仕事に従事したり、プールや映画館に入ることを禁じられた。公園では、はっきりそれとわかるユダヤ人専用の黄色いベンチにのみ腰掛けることが許された。ユダヤ人の子供たちは、学校に通ったり回転木馬に乗ったりすることを禁じられた。ナチは、ユダヤ人がドイツでは歓迎されていないことをみずから理解してどこかに去ってくれるのを望んでいた。ナチはまた**退廃芸術**展を企画した。不健全な芸術がはらむ危険性をドイツ人民に警告するために、ユダヤ系もしくはユダヤ的な画家や彫刻家による退廃、堕落した作品を展示したのであった。ナチは芸術を重要視していたが、退廃芸術はすべてが退廃へと向かう社会の一歩になりかねないと危惧して、ドイツ人民に警鐘を鳴らそうとしたのである。また、パレードならびに寓意像や活人画を用いたスパルタキアードを企画した。柄に嵌めこまれた斧の鋭利な刃と同じように、芸術はドイツ人民に深く入り込んでいるため、ドイツ人民は芸術なしでは生きていけないのだと主張し、ドイツ人労働者をドイツ・オペラに招いたり、パレードなどを企画した。芸術は国民すべてのものであるのだから、博物館や美術館、ブルジョワ的なサロンに隠す必要はない、とも述べた。そして一九三五年、ユダヤ人による有害な影響からアーリア系の血統とドイツ芸術を保護するためにユダヤ人と非ユダヤ人の混交婚を禁止する法律が制定された。その結果、ユダヤ人は六芒星の形をした黄色い星を襟と背中に貼りつけなければならなくなり、バスや市電への乗車やアーリア系の洗濯屋の利用も禁止された。一九三八年一一月のある夜、ドイツ秘密警察の一団がユダヤ系の商店を略奪し、シナゴーグに火を放ち、通りすがりのユダヤ人を次々と殴ったり殺害したりした。ユダヤ人に恐怖心を植えつけ、ドイツから早く出ていくよう促すためだった。宣伝大臣は、これは在パリ、ドイツ大使館の陸軍武官がポーランド系ユダヤ人によって暗殺されたことに対する、ドイツ人民による報復だと説明した。のちに、この夜の出来事は水晶の夜と呼ばれるようになった。七二〇〇軒におよぶユダヤ系店舗のショーウインドーが割られ、ガラスの破片が街路に散乱したためである。ドイツ政府は、ドイツ人民の怒りを呼び起こしたという理由で、一〇億ライヒスマルクの罰金をユダヤ人団体に課している。スイス政府は、国境警察がユダヤ人に見えないユダヤ人でもユダヤ人とわかるように、ユダヤ人のパスポートに大文字でJと記すようドイツ当局に要請した。ポーランド、チェコスロヴァキアといったドイツ系マイノリティの力が強かった国々では、戦後、ドイツ人の集団的な国外追放が実施された。ブルノでは、ドイツ人はチェコ語でドイツ人を意味する単語の頭文字のNと書かれた白い腕章を袖につけなければならず、路面電車やトロリーバスの利用を禁じられた。スイス政府は、すべてのドイツ系ユダヤ人がスイスに移住してきて、諸民族の共存と国民の合意が損なわれるのではないかと恐れた。戦前に地元の役所にドイツ人と申告したユダヤ人や、ドイツ風の名前のユダヤ人もドイツ人とみなされただけでなく、チェコ風の名前でチェコ語ができないユダヤ人もドイツ人とみなされた。Jという文字はユダヤ人を意味するJUDEの頭文字であり、諸民族の共存と国民の合意はスイス連邦の柱石だった。

第二次世界大戦後の民主主義諸国においては、若者が重要な存在となっていった。消費社会が幕を開け、自分たちを対象にした広告を目にした若者たちが商品の購入を両親にせがむようになったからだ。消費社会では、物質的に豊かな環境で育った新しい世代の子供が誕生し、帽子や靴やクレヨンや積み木を自分のものにしていった。幼いころ、学校には裸足で通っていたとか、帽子は兄や姉からのお下がりしかなかったよ、と語る両親を笑い物にした。けれども彼らは成長すると、消費社会は人間を奴隷にしている、誰も奴隷になることのない新しい世界の樹立が必要だと主張しはじめた。六〇年代になると、若者は、消費社会、奴隷制度、戦争、人種差別などに対して怒りを覚えはじめた。まず反旗を翻したのがアメリカ合衆国の若者たちだった。というのも、当時のアメリカ合衆国はヴェトナム戦争の最中であったばかりか、消費社会の最先端を走っていて、家にはバスタブや電話があり、黒人を毛嫌いしていたからだが、若者たちは、黒人こそが人類を豊かにしてくれる存在だと主張した。第二次世界大戦は史上初のラジオの戦争であったが、ヴェトナム戦争は史上初のテレビの戦争となった。アメリカ合衆国では黒人は将校にはなれず、バスで専用席以外に座ったり、白人専用のトイレを使うことが禁止されていた。また、場合によっては、白人だけがトイレを利用することができ、黒人は用を足す別の場所を探さなければならなかった。場所によっては、トイレは二つに仕切られ、一方には**白色**、他方には**有色**と書かれていた。というのも、**黒人**と書くと黒人を怒らせるかもしれなかったからだ。公立学校もまた、白人用と黒人用の二つに分けられていた。そればかりか、回転木馬やジャングルジムや砂場や公園のベンチも二つに分けられ、ある町では電話ボックスも二つに分けられていた。同化型の移民モデルを推奨する人びとは、これは隔離にほかならず、統合を進めようとする当時の政策がもたらした当然の結果だと言い、統合型モデルを推奨する人びとは、これは隔離などではなく、差異を認めるものだと主張した。黒人は黒人に囲まれているほうが居心地がよく、白人社会のことなど関心はないというのがその根拠だった。

居心地のよい黒人

神が信じられなくなると、世界がいかにばかげたものであるかを表現すべく、未来主義や表現主義やダダイズムやシュルレアリスムや実存主義や不条理演劇といったものが考え出された。ダダイストたちは芸術に終わりを告げようとして、針金やマッチや標語や新聞の見出しや電話帳など、それ以前には使われなかったモノから作品を生み出し、これこそが新しい絶対的な芸術だと主張した。未来主義者は**カラズク・ズク・ズク・ドゥム・ドゥム・ドゥム・ドゥム**など、間投詞ばかりの詩を書いたり、表現豊かなタイポグラフィーを信奉し、表現主義者やダダイストたちは、理解できるものも理解できないものも含め、言語はすべて同等であることを示そうと、たとえば、**バンブラ・オー・ファッリ・バンブラ**といった新しい未知の言葉で詩を書いた。シュルレアリストは自動筆記や

カラズク・ズク・ズク・ズク

奇抜なメタファーを称賛し、**私のコルクの浴槽は、君のミミズの瞳のようだ**といったたぐいの詩を綴った。この詩の意味が自動的に迸り出てくるのは、詩は身体的であると同時に形而上学的なものであるからだと説明した。実存主義者は、形而上学は堕落してしまい、あらゆるものは主観的で、たしかに客観性は存在するが、その方向を求めるのは間違っている、というのも間主観性こそが重要であるからだと述べた。彼らによれば、すべてが真正であることが重要であり、歴史ならびにその過程は、人間が真にコミュニケーションすることができるかという哲学的な問いかけに端を発している。もし、真のコミュニケーションが可能になったら、歴史はもっと意味のあるものになるだろう。つまり、超越的な審判が刷新されるのだから。言語学者によれば、コミュニケーションは脱構築をいかに行なうかという問題にすぎず、脱構築はさまざまな方法で可能だった。だが、年配の人びとによれば、コミュニケーションはみじめな状態にあるという。誰かと視線が合ったとしても、もはや互いの目を見ずに視線をさっと逸らしてしまい、今日、相手の目をじっと見るのは盲人だけなのだ、と。

超越的な審判の刷新

第一次世界大戦では、九五〇万人の男性と六〇〇万人の女性が亡くなった。さらに、六〇〇万人の男性と二〇万人の女性が重度の障害を負った。七〇〇〇万の女性が戦争で夫を失い、九〇〇万人の子供が戦争で父親を失った。国家は借金を重ね、政府は紙幣を発行したものの、紙幣一枚ではほとんど何も購入できないほど、インフレが進行した。一九二三年、ドイツのインフレ率は二三〇万パーセントまで上昇し、卵一個の平均価格が八一〇〇億マルクとなり、パン一斤を買いに出かけるときには、手押し車に札束を載せて出かけたという。多くの人びとは、古い世界を根底から変えることを望み、共産党やファシズム政党に入党した。他の人びとは戦前のヨーロッパを回想し、**ベル・エポック**や**古き良き時代**と呼ばれはじめた時代を懐かしく想い起こした。古き良き時代というのは、成熟した工業国がありとあらゆるものを過剰に所有し、エキゾチックな果物やチョコレートやトルコ蜜飴が甘物屋で売られていた時代のことで、新しい世紀になれば、人びとは貧困や重労働と決別して快適で衛生的な生活を営むことができ、義務教育は人間をより良い、より人間的なものにすると考えられていた。古き良き時代には、皆、互いに丁重に振る舞い、犯罪者も思慮深くなって、警官に銃を向けたりするようなことはなくなり、若者は互いに尊敬し合い、我慢強く振る舞い、婚前交渉をすることはなかった。ある少年が仕事帰りの少女を畑でレイプし、その娘が妊娠してできた子供は孤児院に預けられ、その子供の世話は国の予算で賄われた。ある人が車で雛鶏を轢けば、その人は車から降りてこの雛鶏を買い上げた。男性は帽子を持ちあげて挨拶したが、挨拶もしようとせずに女性をじっと見やりはしなかった。イギリスでは、男性は、挨拶してもいいわよと女性が合図を出すのを待ち、フランスでは、男性が女性の手袋に口づけし、女性がハンカチを落とすと、男性がそれを拾って会釈しながら女性に返した。女たちは煙草を吸わなかったが、それは低俗に思われるのを嫌ったからで、男たちは両切り煙草や葉巻を吸い、嗅ぎ煙草を吸い、あごひげをいじっていた。日曜日になると人びとは礼拝に出かけたが、町の人びとは列車に乗って行楽地に出かけ、女たちはレースのボンネットをかぶり、男たちはチェック柄のニッカボッカーをはき、水のなかでボール遊びをして笑い興じた。のちに、シュルレアリストと精神分析医は、ボールは性的なシンボルであると述べた。戦後、私生児、孤児、狂人の数が増加したが、嗅ぎ煙草は人気がなくなった。衛生的ではなかったためである。

嗅ぎ煙草が衰退した理由

エホバの証人の人びとが信ずるところによれば、キリストは一九世紀末にすでに地上に再臨していたが、その姿は目に見えず、キリストを見ることができるのは、選ばれた者たち、聖別された者たちだけだった。世紀の初めに彼らはわかっていた。異教徒の時代が終わりを迎え、千年王国が始まり、敬虔な者たちが救いを得て、そして一九一四年にはキリストがすべての人びとの前に現われることになるはずだと。一九一四年、第一次世界大戦が勃発すると、それは、天で壮大な戦いが始まり、サタンが地上に突き落とされる予兆であり、そこから二〇世紀の不幸が始まるが、その不幸は神がわれらに課した最後の試練で、救いを求める者には最後のチャンスなのだと彼らは言った。第一次世界大戦は、サラエヴォでオーストリア大公が暗殺されたことがきっかけで勃発したが、暗殺には秘密組織**黒手団**の謀反人たちが関与していた。大公がどのルートを通って市庁舎に向かうのか、新聞の紙面から情報を得ていた彼らは、市庁舎で市長が演説の準備を終え、サンドイッチの用意も整うなか、手榴弾と拳銃をポケットに忍ばせて河岸の両側に立ち、大公が通りかかるのを待っていた。その結果、オーストリアはセルビアに宣戦し、ドイツはロシアやフランスやベルギーなどに宣戦した。当初、世界の終末は一九二五年に設定されていたが、それが起こらないと、エホバの証人の人びとは、いつ世界が終わるのかはさほど重要ではなく、もっと大事なのは誰が天に召されるかだと述べた。そして選ばれる者の数は一四万四〇〇〇人にのぼり、この者たちが天に住んで、地上の出来事を差配するのだという。そして生きているうちに、エホバの証人の教えに従った者たちは、新しい世界が始まるまで、地上で永遠の幸福のうちに暮らすのだ。新しい世界は、彼らが言うところの古い世界が終わったあとに始まるはずで、その終末は近づいていたが、正確な年号は明らかにされなかった。世界最強といわれたオーストリア警察は、五人の首謀者を逮捕し、裁判所では終身刑が言い渡された。謀反人たちは、チェコのテレジーン要塞監獄で刑に服し、そのうち三人は大戦中に亡くなり、残りの二人は、戦後、国民的英雄になった。うち一人はベオグラード大学の哲学教授になり、

古い世界の終わり

一九三七年には、ユーゴスラヴィア連邦にふさわしくない民族集団であるという理由で、コソヴォのアルバニア系住民を追放するようユーゴスラヴィア政府に進言した。彼が他界した一九九〇年に、セルビアはコソヴォのアルバニア人学校を閉鎖し、アルバニア語の新聞の発行を禁止し、アルバニア系の政治組織を解散させ、民警を設置したが、それは、ユーゴスラヴィアでは好まれざる者であるとアルバニア人に思い知らせるためであった。アルバニア人に思い知らせる最も確実な方法は、家屋への放火、商店の略奪といったさまざまなテロ行為だった。そして、西欧諸国はジェノサイドが行なわれていると断じ、セルビア政府を交渉の場につかせるためにセルビアを爆撃しはじめた。セル

アルバニア系住民

ビアの空爆は七八日間つづいたが、これは一九四五年以降、ヨーロッパで初めての国際的な武力衝突だった。また、戦勝国側に一人の戦死者も出さなかった初めての戦争であり、軍事専門家によれば、これは将来の見通しを明るくするもので、未来の戦争で命を落とすのは敵方だけになるのだった。

将来の見通し

精神分析医によれば、第一次世界大戦では、それまで無意識に隠されていたトラウマが呼び覚まされた人が多数いたという。一九二〇年代と三〇年代には、心的状況、外的状況に適応できなくなった人びとが神経症を患い、一九六〇年代のヨーロッパでは女性の二五%、男性の一五%が神経症となり、ジャーナリズムはこれを世紀の病と呼んだ。一九七〇年代には、鬱病に悩む人びとの数も増えはじめ、二〇世紀末のヨーロッパでは五人に一人が鬱病となった。社会学者によれば、神経症と鬱病は二〇世紀の西欧社会の文化的変容を映し出すものである。神経症は、規律と序列と社会的禁忌が支配する社会の鏡であり、罪の意識の病理的発現であり、鬱病は、無力感と空虚な意識の病理的発現であるという。まず、人びとは神経症となった。禁じられたことをしたい、けれども禁じられているのでできないと思い悩み、そうした禁忌を破ってしまうと、罪の意識を持

社会の文化的変容

ちはじめる。そののち、ほとんどすべてのことが許されるようになると、今度は鬱病になりはじめたが、それはそもそも自分が何をしたいのかわからないためで、新しい病理の主体に変化していったのだ。精神科医によれば、この時代、病理の主体は一変したという。社会学者によれば、鬱病とは、個人の自由がもはや苦しい思いをして手に入れるべき理念ではなくなり、苦しい思いをして克服するべき障害となった世界の代償だという。つまり、神経症とは、禁忌を犯すことを前にした不安であり、鬱病とは自由の重みを前にした不安である。またある人は、どんなことにも何らかの意味を求め、存在の鬱屈に苦しんでいる。一九八〇年代末には、世界保健機構が、鬱病は西欧で最も広がっている病であるという声明を出した。しかしそのあいだに、喫煙してはいけないとか、塩分を摂りすぎてはいけないとか、同性愛者をネタにした冗談を言ってはいけないとか、怠惰な生活をしてはいけないといった新種の社会的禁忌がアメリカで浸透しはじめていた。その一方で、以前であれば許容されていなかった多くのことが許されるようになった。こうして、神経症になる者、鬱病にかかる者、あるいは神経症と鬱病の両方を病む者がいて、向精神薬を服用する者もいたが、精神分析医によれば、患者たちは向精神薬を過剰摂取して、分析医のもとに定期的には通ってこないという。薬はトラウマを無意

不安を言葉にする

識下に押しやるだけで、完治させるには、不安を言葉にし、自分自身で意識を再発見させるしかないにもかかわらず。

古き良き時代において、人びとは人種主義者だったが、自分でそのことを意識する者はおらず、黒人やパプアニューギニア人などに興味津々だった。大都市の動物園では野蛮人を展示する民族学展覧会が催され、野蛮人たちは皮の腰巻をして竹の小屋の前に座り、いろいろなことをしてみせていた。パプアニューギニア人やアシャンティ人やズールー人がどんな生活をしているのか、人びとは見物に訪れ、飴や角砂糖を投げ与えたりした。民族学展覧会が大成功を収めたのは、人びとが世界の他の地域ではどんな生活が営まれているのか知りたがったからであり、一九〇〇年のパリの万国博覧会では、先進国が、新しい技術や新しい芸術や新しい建築とならんで、ヌビアやダホメやカリブやマレーやニューカレドニアといった植民地から連れてきた先住民を展示した。万博会場で

小屋の前のカナク人

カナク人たちは、皮の腰巻をして竹の小屋の前に座り、石斧で石の棍棒をけずっていたが、当の本人はそれまで、石斧も石の棍棒も手にしたことはなかった。というのは、彼らは植民地行政機関の下級役人たちで、フランスの国益のために連れてこられたのだっ

有頂天になる船員たち

た。万博が終わると、植民地博物館の人びとはカナク人たちをベルギーやドイツやデンマークに派遣した。カナク人たちは博物館館長に宛てて手紙を送り、故郷に帰り、元の職場に戻ることはできないかと尋ねたが、返事が来ることはなかった。ある日、カナク人たちは全員、ドイツ行きの汽車から脱走を図ってフランスに戻り、ニューカレドニア行きだと聞いていた船に密かに乗船したが、その船の行き先はレバノンだった。船底に密航者が隠れているのを見つけ、万博にいたカナク人だと知った船員たちは、ほかならぬ自分たちの船を彼らが選んだことに有頂天になって、食事を運び、働かせもせずに、ニューカレドニアでは石の棍棒を年に何本作るのかとしつこく尋ねた。第一次世界大戦後、民族学展覧会の人気は次第に衰えていったが、それは戦争中、一七〇万人のズールー人が協商国側で戦ったため、もはや物珍しくなくなり、人びとの好奇心を刺激しなくなったからであった。

セックスしたが

若者たちは、人種主義は古い世界の産物であり、世界を新しく作り出すことが必要で、テレビや冷蔵庫などより、愛や幸福のほうが重要だと口にした。何を勉強するべきか、両親から言われたくなかったし、煙草やセックスや長髪を禁じられたくもなかったのだ。一九六八年、西欧で学生の反乱が起こり、学生たちはバリケードを築き、工場を回っては、社会を根底から変革しなければならない、と労働者に訴え、壁には、**ブルーは刷新されないかぎりグレーのままだ**、とか、**現実主義者であれ、不可能を要求せよ**、とか、**禁止することを禁止する**、とか、**想像力がこの世を支配する**、などと書きなぐり、教室や劇場を占領し、煙草をふかし、いろいろな体位でセックスし、政治について論じた。一九六〇年代は、西欧社会の歴史の重大な転換点となった。というのも、ものがふんだんに出回り、女性が避妊できるようになり、若者が世論の重要な一翼を担うようになり、時とともに年老いた市民もスポーツをし、若作りをし、いろいろな体位でセックスし、目新しい、くだけた意見を口にするようになったからであり、せめて精神面で若くなければ、その人は古い世界の人と片付けられてしまうからであった。社会学者によれば、ブルジョワ社会は衰滅し、青年社会とでも呼べるような新しい形の社会がこれに取って代わったといい、それこそが西欧社会の発展における根本的な転換であり、このことをよく考察しなければいけない、ということであった。また、哲学者のなかには、若さの崇拝は人類の精神史で最もばかげたことで、ファシストも共産主義者もそれとともにやってきたのだし、民主主義的社会は、若さの崇拝をファシストや共産主

義者から受け継ぐほど愚かなのだ、と考える者もいた。他方、それもいいじゃないか、

躍動的な若者たち

若さというのはたしかにばかげたことかもしれないが、躍動的で、それ自体は前向き《ポジティヴ》なことなのだから、と言う者もいた。社会学者によれば、ポジティヴであることは西欧文明における新しい価値であり、それは社会の現状にもはや対応していない伝統的な人間主義的価値に取って代わった。ポジティヴであるということは、人びとが未来を確信し、スポーツをし、健康で調和の取れた生活を送り、定期的に医者に通い、長生きし、一所懸命働き、そして年金生活を楽しみ、若作りすることなのだ、と。貧乏を望む者は一人としておらず、誰もが、冷蔵庫、携帯電話、犬、猫、亀、バイブレーターをほしがり、スポーツをしようと思い、カウンセリングに通いたがるのだという。カトリック系の哲学者によれば、そんなことをするのはプロテスタントで、物質的成功と、みずから助けんとする者を神は助けたもうという理念を重んじるからだと述べ、他方、自分たちは、神に愛される者には神が訪れたもうという理念を信じているのだった。それに対して、プロテスタント系の哲学者によれば、カトリック教会の衰退は、教会が時代について

ものの考え方は進化する

いけないことを示していて、ものの考え方は進化し、牧師は結婚したり性欲を満足させたりでき、そうすることによって、ニヒリズムの蔓延する社会で、キリスト教思想を

より良く広めることができるのだと述べた。都会の人びとは、犬や猫や亀やモルモットを家庭で飼うようになったが、もの言わぬ動物は疎外された世界でも裏切ることがないからであった。犬や猫用の理容室、美容院、ジム、リハビリセンター、葬儀社、墓などもあった。ヴェトナム戦争から帰還したアメリカ兵は、自由と民主主義のためにヴェトナムで命を落とした四一〇〇匹のアメリカの犬のためにお金を出し合って、記念碑を建てた。先進国では、田園博物館や田園センターと呼ばれる農場が作られ、都会の人びとは馬や羊や牛や鶏を見に出かけたが、それは、都会から家畜が徐々に姿を消したからであった。路傍のアナグマやミミズクやアマガエルや蛾やカブトムシといった他の動物や昆虫も減りつつあったが、環境保護主義者によれば、大気汚染や農薬、排気ガスなどが原因ではないかとのことだった。環境保護主義者のなかには、動物実験を行なっている医療研究所や薬学研究所を夜半に襲い、サルやウサギやハムスターやイヌやヘビやカエルを逃がした者もいた。動物を保護すべきだと考える人はますます増え、動物愛護団体が設立され、クマやハヤブサの格好をした人たちが、狩猟や闘牛や動物実験に反対して街路を練り歩き、動物を殺すのは非人間的なことだと言った。彼らのなかには菜食主義者がいて、ニンジンなどを食べていた。猟師たちは、失われつつある伝統を守るべく狩りをしているのであって、現代世界において伝統は重要なものなのだと述べていた。毎年、イノシシを撃つ代わりに他の猟師を誤って撃ち殺してしまう猟師もいたが、猟師たちはお金を出し合って、洗濯機とか、家事に役立ちそうなものを未亡人に買ってやったのだった。

古き良き時代には、町中にまだ山羊や鶏などがいて、男たちは両切りの煙草を吸い、あごひげを撫でたりし、通りには市電、二輪馬車、四輪馬車、軌道馬車が走っていた。まだトラックというものはほとんどなかったので、町でも、馬が物資の運搬に用いられていたが、軍隊や警察でも同様だった。第一次世界大戦ではたくさんの馬が死んだが、とりわけ、ロシア、ドイツ、オーストリアの騎兵隊が戦闘に加わった東部戦線での被害は甚大だった。一九一六年にはドイツのスパイがルーマニア軍の厩舎に忍び込んで、鼻疽菌を餌に混入し、三〇五五頭のルーマニアの軍馬が死んだ。西部戦線では、馬は主として偵察に使われ、さらには大砲、機関銃、糧食、塹壕建設用の鋼板の運搬用に使われたが、騎馬師団も常時臨戦態勢を整えていた。というのは、歩兵が敵の前線を突破し、機銃陣地を無力化したら、騎兵隊が大胆に敵を包囲して戦闘の行方を決することになる

取り壊される厩舎

はずだと将軍たちが期待していたためで、一九一五年にはフランスで馬用の特殊ガスマスクが発明された。戦後、町からも軍からも馬は姿を消し、町の厩舎の多くは取り壊され、保育園に改築されたりした。厩舎の造りは、保育園のニーズを満たすものであったからだ。第二次世界大戦中、どの国の軍隊も馬の頭数を減らしたが、赤軍だけは八万頭の馬を臨戦態勢に置き、ドイツ軍のガソリンが尽きるか、ドイツ兵が沼に溺れるのを待ちかまえていた。ドイツや他のヨーロッパ諸国でも、厩舎は廃されるか、別の目的に転用された。ビルケナウ強制収容所では、厩舎は囚人用の宿舎として使われ、一棟の厩舎には五二頭の馬、あるいは一〇〇〇名から一二〇〇名の囚人が収容されていた。

道徳の危機

伝統の擁護と自然への回帰は、道徳の危機に対応するものとして二〇世紀に重要視された。蒸気機関車や蒸気船や工場が出現し、人びとが調和を保って生きることが難しくなり、暴力や貧困や不公平が世の中に蔓延するようになって以来、道徳の危機がしばしば叫ばれるようになっていた。一九〇六年には、ドイツとオーストリアの若い無政府主義者たちが集まり、うわべだけの文明の下に本来の生活を見出すべく、スイスに移住して**モンテ・ヴェリタ**というコミューンを作り、自然回帰主義、菜食主義、自然との調和を修養し、髪を伸ばしたり、キャンプファイアーを囲んで踊ったりして、声高に自分たちの考えを主張し、次第にさまざまな国の若者たちが合流する運動となっていった。そして、自然と調和する新しい絶対芸術を唱え、芸術とは美学の問題ではなく、生物学の問題であり、最も絶対的な芸術は原始的な舞踏であり、それこそが新しい社会秩序の出現を促すはずだと述べていた。一九三〇年代に入ると、彼らの多くがナチズムに身を投じた。というのは、ナチは自然との調和や個人と大地、人種との融合を唱えるいっぽうで、ユダヤ人は自然を嫌い、人間精神を穢し、人間が調和のうちに生きるためにあるものを精神から追い出そうとしているとして排撃したからである。こうしてコミューンのメンバーの一人は、ナチ・ドイツでよく知られた振付師となり、兵器廠で労働生産性を上げるために労働者向けのダンスを考案した。一九一七年、あるイタリアの兵士は自分の姉に宛てた手紙のなかで、**日を追うごとに、ぼくは前向き《ポジティヴ》になっていく、**と書いた。一九三〇年、あるフランスの医師は新しい時代の始まりを宣言したが、その時代はみずがめ座の徴のもとで発展し、新しい人間を生み出し、戦争と暴力のない世界が始まるというものであった。一九二一年、スコットランド人のある教師がドイツに実験学校を設立し、一方的な教育の代わりに、さまざまな興味深い事柄に関するディスカッションを軸とする、革命的で反権威主義的な新しい教育方法を試そうとした。彼によれば、伝統的な教育方法はその本質において非民主的なものであり、生徒のなかに攻撃性を育んでしまうのだという。この学校は、五歳から一六歳までの生徒を対象とし、ディスカッションに参加したくないときは、自宅にいても、自転車に乗っていても、友だちと秘密の隠れ家を作っていてもよく、まさにこの点が革命的と言われた所以だった。**新世紀**という新しい時代に人類が突入したと信じる人はますます増えていたが、この時代が始まるのは、太陽が水瓶座に入った瞬間に始まり、それから二一六〇年のあいだ続き、その間に右脳と左脳が合体し、人間精神の変革、新しい精神性の出現をもたらすとされていた。新世紀は、調和に満ち、精神的なつながりができ、互いに助け合い、誰かが誰かを抑圧することがなくなるはずだった。というのも、人類は認識の新しい段階に入り、すべての人は精神的にも、エコロジーの面でも自覚を持つからであった。新世紀を信じる人びとによれば、迫りくる変革の象徴としてふさわしいのは水瓶だという。人びとは何か新しいものを渇望しており、水瓶は渇きを癒すものとしてふさわしかったからだ。彼らによれば、古い世界は実利主義的かつ機械的、そして解析的なものだったという。解析的手法はさまざまな事象の現実を分解していったが、さまざまな事象の現実は総合的に把握すべきだというのが彼らの主張だった。西欧文化は、森のなかにある木を数えることを人びとに教えはしたが、森を見ようとする者は一人としていないという。そして人類共同体の精神的な根源に立ち戻り、宇宙的エネルギーとの合一を果たすべく、若者の教育を考え直さなければならない、とも新世紀を信じる人びとは考えていた。人びとが古い考え方のままでは、新世紀が完全なかたちで姿を見せることはないからだ。彼らによれば、何より重要なのは調和であり、調和によって、右脳と左脳の自由なコミュニケーションが可能となり、右脳と左脳のコミュニケーションによってこそ、すべての人びとが彼岸に到達できるはずだった。

一九五〇年、ローマ教皇は声明を出し、人類の祖先としてサルや牡蠣やクオークなどを想定する進化論は、人間に対する信頼、神が人間に与えたもうた使命に対する信頼と何ら矛盾するものではなく、肉体という器が人間以前の何らかの生物に由来するにしても、精神を創造したのは神であることに相違はない、と述べた。人間の肉体が最終的な形を獲得したその最初の瞬間に、神が精神を創造したのだという。一九九六年には別の教皇が、進化論はおそらく有効だが、宗教の起源となる形而上学的なるものを説明する

どのように、なぜヒトが誕生したのか

ものではないと言明した。どのようにヒトが発生したのか、という問いかけに科学は応答することができるかもしれないが、なぜヒトが生まれたのか、という問いかけに答えるのは聖書であり、聖書こそが、動物種との肉体的な連続性と、人類の出現によってもたらされた存在論的不連続性とのあいだの矛盾を説明するものなのである。神、新世紀、宇宙人、精神性などを信じない人びとからすれば、ヒトの発生は純粋に偶然の産物であり、世界は不条理なものであって、自然は倒錯的であるのだから、自然を信じる

自然は倒錯的である

いわれもなく、自然に何か意味を見出すのはばかげたことだった。神や天地創造を信じる人びとによれば、進化論などは人間を冒瀆しようとたくらむサタンの所業であって、教皇は悪魔の手先なのだという。一九三〇年には、あるバプテスト派の牧師が、一億八〇〇〇年前の人類の足跡を捏造し、人間は恐竜と同じくらい古くから存在するのだと立証しようとした。進化論者は、それはもってのほかだと述べ、他方、創造論者は、人間がサルから生まれたという主張そのものがとんでもないものであり、進化論はイデオロギー上の捏造であって、人間から最も人間らしい特徴、つまり自意識、切磋琢磨、労働への意志を奪おうとするものにほかならないと述べた。進化論者によれば、自

人間はサルにす

意識や切磋琢磨への意思は動物にも見られ、共産主義者によれば、人間は所詮、労働を

ぎない

始めたサルにすぎなかったが、これには同意しない進化論者もいた。彼らによれば、労働があろうとなかろうと、自然はそれ自体意味あるものなのだという。しかし、進化論者のなかには労働は重要だと主張する者もいて、社会科学は生物学と同じ法則やメカニズムに従うはずであり、過剰な医療や社会保障などは怠惰を助長し、人類の発展を妨げると考えていた。

新しい世界

人びとは新しい考え方を習得しなければならない

　共産主義者は、神は存在しない、存在するのは物質のみであり、共に手を取り合って働く人すべてが公正に扱われる新しい世界を建設しなければならないと主張した。そこでは、他人を妬むことなどないという。というのも、その世界では、誰もがあらゆるものを手に入れることができ、みんなが持てないようなものは、誰にも持てないはずだったからだ。ただし、新しい世界が到来する前に、古い世界を根こそぎ破壊しなければならない。新しい世界は新しい考え方なしには現われないのだから、人びとは新しい考え方を習得し、さらにまた、すべての者が進歩の側に立つかどうかを選択しなければならなかった。選択できない者は、歴史の荒波のなかに消え去るしかない。共産主義者によれば、歴史は十月革命によって終わりを迎えたという。なぜなら、人類共同体の歴史的意味を具現化したのが共産主義なのだから、共産主義が全世界で勝利するのは時間の問題にすぎず、そうなれば、歴史はもはや先へ進む意味がないのだという。また、共産主義は政治体制ではなく、歴史的カテゴリーであり、そのことを理解しない者たち、古い考えを信奉する者たち、たとえば裏切り者、利己主義者、妬み深い連中、破壊分子、アルコール中毒患者らには、歴史のくずかごという特別な場所が用意された。共産主義者が全世界で勝利を収めるまでに、歴史の側に立とうとしないのはいったい誰なのかを明確にしておく必要があったからだ。のちに歴史家は、人類の文明にとっての新たな脅威、すなわち歴史的記憶の消失という問題を露見させたのは共産主義だったと述べた。それ以前のさまざまな独裁体制も図書館や博物館などにある記憶を検閲したが、共産主義者は、公的か私的かを問わず、すべての領域で記憶の消去を推し進め、さらに法律原理にまで高めたという点できわめて独創的だった。一九一七年、共産主義者は裏切り者や破壊分子を断罪する革命裁判を考案し、ある日の午後だけで三五〇件もの死刑判決を下した。これは古い考え方の裁判所であれば不可能なことであったが、共産主義者は同時に、より現代的で新しい拷問方法を考え出し、裏切り者や破壊分子から自白を引き出しただけでなく、他の裏切り者や破壊分子の居場所も聞き出した。よく知られた拷問として、**お耳**や**つばめ**や**おふね**や**マニキュア**や**ぞうさん**などがあった。ぞうさんとは、椅子や机に破壊分子を縛りつけ、ガスマスクをつけさせて酸素は送らず、棒で破壊分子を打ちすえ、呼吸困難に陥って意識を失うとガスマスクをはずして我に返らせ、自白を強要したり、居場所を聞き出そうとするものだった。独創的だったのは、共産主義者が、歴史的な事件を単に否定するのではなく、歴史的な状況に置いたままで、それをまったく新しく作り変えてしまうという点だった。破壊分子が質問に答えようとしないと、共産主義者は特殊な訓練を受けた犬を放った。犬は、**一番**、**二番**、**三番**などと名づけられていたが、新しい社会ではすべてが規則正しい番号を有しているとされたため、そう呼ばれていたのである。式典や党大会や重要な歴史的事件の写真から、祖国を裏切ったり、陰謀をめぐらしたり、ブルジョワ的生活観や正しくない考えを持つ共産主義者が次第に抹消されていった。たとえば、もともと八人の共産主義者が写っていた写真では、しまいには二、三人しか写っていないということもあった。歴史委員会は写真に多大な関心を注いだが、それは、人びとが書かれたものは信じなくなっても、しばらくのあいだ写真は信じていたからであった。新型の機関車などが歴史の歩みに歩調を合わせていたのと同じように、写真も歴史の歩みに合わせなければならないと共産主義者は考えていた。一九一九年、共産主義者は、革命に反対するのは破壊分子か精神異常者か判断を下す新しい心理療法も開発した。そうして、破壊分子は強制収容所に、精神異常者は精神病院に送られ、そこで洗脳という特殊な治療が施された。病んだ脳からは古いものをすべて洗い出し、新しい思想を注入する必要があったためである。

新しい思想

記憶の消失

二〇世紀末になると、民主主義諸国の人びとは、民主主義や消費社会もまた記憶の消失をもたらしているのではないかと感じるようになった。彼らによれば、情報過多は共産主義の検閲と同じくらい危険で、伝統やルーツなどから切り離され、消費社会が享楽主義的であるがゆえに、いやおうなく忘却に向かうという。情報過多は反発や抵抗への意志を呼び起こす代わりに、疲労と諦念をもたらし、長期的に見れば、これは共産主義の検閲よりさらに危険なものである。民主主義体制は、文化や歴史とのあらゆるつながりを消し去り、画一主義の天下をもたらすという。他方、実際のところ、記憶とは、ある出来事の保存と排除の相互作用であり、つねに選択的なものであり、そうでないとしたら、記憶というよりも精神疾患なのだ、と考える人びともいた。さらには、記憶は西欧文明を構成する要素ではなく、まさにその点で西欧文明は他の文明と異なっているの

記憶は構成要素ではない

だが、西欧社会では記憶よりも普遍的原則や一般意志が重要であり、それによって他律性を脱して自律性を獲得できたのだ、と述べる人もいた。民主主義とは記憶とか伝統ではなく、社会と個々人の契約からなるもので、契約そのものは歴史的価値、民族学的価値を欠くものであるが、契約によって社会制度を運営し、規制することが可能になる。西欧社会にとって特徴的なのは、芸術でも、学術でも、政治でも同じように未来を志向するアヴァンギャルドの原理であり、西欧社会において記憶が担う役割に対応するものがあるとすれば、それはコンピュータにおけるメモリという語が含意するものになるだろう。プログラマーは、メモリをROMとRAMという二つのタイプに区別するが、コンピュータの記憶《メモリ》といった場合、多くの人は、RAM、つまり**ランダム・アクセス・メモリ**のほうを思い浮かべる。民主主義と消費社会が記憶の消失をもたらしていると考える人びとは、これこそが記憶なき世界の予兆であると言った。そこではすべてがランダムであるからだ。

ランダム・アクセス・メモリ

賢知の根源への回帰

若者たちは、賢知の根源に回帰することこそが必要であり、工業化社会と義務教育が、人間が取り結ぶ真の認識との関係を変えてしまったのだと考えるようになった。彼らはたとえば、薬草の知識など、かつてどの子供も知っていたようなことを、今ではほんの一握りの専門家しか知らないと主張した。昔の子供たちは、ウサギにわなを仕掛けたり、新鮮な草で玉を編んだり、イチゴの葉で煙草を巻いたりし、そのあと家で叱られないようにイラクサを煎じたもので口をゆすぐこともできた。他方、老人たちは、たとえば二乗根など、かつてならほんの一握りの専門家しか知らなかったようなことを、今ではどの子供も知っているではないかと諭した。だが、二乗根が何かの役に立つとは考えない若者たちは、東洋の叡智を学ぶべくインドやネパールに出かけていった。キリスト教道徳は人間を奴隷化してしまい、ヨーロッパの人びとは木を数えることしかできないが、インド人は森を見ているという。暴力や貧困や大気汚染の蔓延する世界には住みたくないと若者たちは言い、アメリカやスコットランドやフランスの無人地帯に赴き、現地にコミューンを作って、大麻やマリファナを吸い、セックスし、歌を歌い、自然と調和して生きるにはどうしたらよいか子供たちに説き、伝統を守り、太鼓を叩いたり、キャンプファイアーの周りで踊ったりして、自分たちの考えを声高に主張した。共産主義諸国では、このようなことはすべて禁じられていて、万人が同じことを学ばなければならず、自由に旅行することはできなかった。共産主義諸国において、進歩的であるということは、万人が勤労人民の幸福のために働くことを意味し、労働者階級こそが最も重要とされた。なぜなら、勤労人民は社会においておのずと権威を持っており、誰もが労働者階級出身であることを望んでいたからだった。民主主義諸国において、進歩的であるということは、むしろ、いかなる権威もなければそのほうがよいというような意味で、そのため、思うままのことをしながら、かつ責任をもって振る舞うことがよいとされた。すべての人は自由であって、互いを尊重すべきであるからだ。共産主義諸国の進歩的な作家は、労働者の世界を舞台にした作品を執筆し、自由思想を持った人間でも、最もすばらしいのは労働者になることだと示そうとした。あるいは、初めのうち労働者階級を蔑視していた主人公が、労働者たちが楽しそうに盛り上がっているのを見て、みずからも労働者になろうとしたり、少なくとも新しい果敢な思想を通じて、労働者に手を差し伸べる勤労インテリゲンツィアになろうとする人びとの物語を書いたりした。一方、民主主義諸国の進歩的な作家は、権威や国家に反抗する自由思想の持ち主の物語を書き、主人公は社会と争う危険を冒してでも自由でありたいと希望する人物であった。そして、芸術家集団が結成され、若い作家たちは、世界がいかに不条理であるかを描くべく、新しい執筆方法や実験的手法を試していた。

二〇世紀末において、男性の喫煙率は女性よりも三割多く、車の運転も男性のほうが女性よりも頻繁に行ない、住民一人当たりの自動車保有数が最も多いのはアメリカとドイツで、最も喫煙率が高いのはギリシャだった。女性は男性より寿命が長く、自殺者数も少なく、男性よりも一日平均で三割以上口数が多かった。都市部の人びとは自転車に乗ったり、スポーツをしたりし、肺によい空気を送ろうと街路で朝のジョギングをしたりした。早朝のジョギングを考え出したのはアメリカ人で、ランニング用にキラキラしたトレーニングウェアや、背骨が歪曲しないようにするエアクッション入りのシューズを購入した。一九八五年には一三五人のアメリカ人がジョギング中に心臓麻痺を起こしていた。世紀末の人びとは、若く躍動的であり続けたいと思っていたが、同時に、政治的にも性的にも品行方正でありたいと考えていた。それはつまり、女性を口説いたり、いやらしくニヤついたりするようなことをせず、ユダヤ人やドイツ人や同性愛者のジョークを飛ばしたりしないということだった。エロティックなことをほのめかしたり、家に来ないかと誘ったり、ふしだらな表情を浮かべたりしたと言って上司を訴える女性もいた。一九九七年、アメリカのある弁護士は女性秘書に四〇〇万ドルの慰謝料を支払うことになったが、それは、彼が秘書の胸元にマーブルチョコをばらばら入れたからだった。一九九八年にはアメリカで大統領を罷免しようとする動きがあったが、それは、大統領がある女性インターンと不適切な関係を結び、胸を触ったり、キューバの葉巻を性器に挿入したり、大統領が国務長官らと電話したりしている最中にフェラチオをさせたりしたからであった。その間、アメリカはイラクを爆撃していたが、イラク人は、爆撃は大統領の不適切な性的振る舞いから関心を逸らさせるために行なわれたと主張した。ヨーロッパ人もまた政治的に正しくありたいと考えていたが、性的にはそれほどでもなかった。というのも、女性を口説くことは、とりわけラテン諸国においては大きな文化的伝統となっていて、一方、アメリカはピューリタン的だったからである。民主主義諸国の市民の平均寿命は共産主義諸国より長かったが、それは、より頻繁に医者に通い、より新鮮な野菜を食べていたからであった。他方、共産主義諸国の喫煙率は民主主義諸国より高かったが、それは、なぜ健康に長生きしなければならないのか、人びとにはよくわからなかったためである。平均寿命が最も短いのは、第三世界と呼ばれる発展途上国だった。二〇世紀末、先進国の平均寿命は七八歳で、平均寿命が最も短いシエラレオネでは四一歳だった。社会学者たちによれば、さまざまな基準に照らして、生

カナダの生活水準は最高

活水準が最も高いのはカナダとフランスだという。アメリカ合衆国は一八位、シエラレオネは一八七位だった。都会に住む人びとは、地方に住む人より長生きで、五倍も口数が多かった。医師によれば、正しい生活習慣を保ち、最良の医療を受けられる条件下であれば、人間は一一〇歳から一三〇歳まで長生きできるという。いつか人間は不死身となり、不慮の事故が起きたり、自殺をはかったりしたときを除けば、死が訪れないような理想社会が到来するはずだと考える人たちもいた。心理学者は、もし長生きを望むのであれば、過去を思い煩わず、未来に目を向けるべきだと述べた。というのは、長生きするという観点からすれば、過去を思い煩うことは何も生み出さないが、未来は緊張感と興奮に満ちあふれていて、どんな偉大な人物が現われるかもしれず、二〇年後、あるいは五〇年後の世界はどのようなものだろうかと想像を巡らせることができるからだという。精神科医によれば、同様に、個人の記憶も事実と一致するものではなく、客観的事実を操作するのは、人間の精神を防衛する機能のひとつであって、もし過去を操作することができなかったら、人間の寿命はもっと短くなるはずだった。第一次世界大戦中、各国の平均寿命は一〇歳から一二歳下がったが、労働者階級では逆に平均寿命が上がっていた。これは、失業することがなくなったことと、最終的勝利により貢献するた

興奮に満ちた未来

めに、男女の労働者たちが工場専属の医師のところに通い、食券を受け取っていたためであった。多くの人が病院での安楽死の法制化を望むようになり、研究機関のなかには、遺体を冷凍庫に入れて、不死の技術が考案されたり、クローン人間が可能になる時代が来るまでのあいだ冷凍保存するサービスを提供しようというところもあった。というのも、現在、クローンが許されているのは、尾索《びさく》動物や外肛《がいこう》動物やミジンコやカエルやヒツジやウシなどだけだったからである。クローンとは、ある生物体の遺伝的コピーを細胞から生成するのを可能にする技術のことであり、不死を実現する方法のひとつであった。

世界に平和が訪れる

第一次世界大戦は、**最終戦争の最後の戦争**とも言われた。戦争の初期には、いたるところでそのような表現が聞かれたが、誰もが、自分たちが戦争に勝って、世界に平和が訪れる、これ以上の戦争は必要ではなくなると信じていたからであった。戦後、そんなことを言っていたのは戦勝国だけで、もう戦争など必要ないと思われていたが、敗戦国の人びとはそうは考えなかった。第一次世界大戦の主な戦勝国はフランスとイギリスで、敗戦国はドイツだった。第二次世界大戦で勝ったのはアメリカとロシアで、敗北したのはまたもやドイツで、それに続く戦争は冷戦といわれた。冷戦と呼ばれたのは、民主主義諸国と共産主義諸国とのあいだで直接の武力衝突にいたらなかったためで、その代わりに、第三国による代理戦争が行なわれた。冷戦に勝ったのはアメリカで、敗北したのはとりわけロシアだった。歴史家のなかには、戦争が政治の延長であるのは明らかだと述べる者がいたが、この意見に同意せず、逆に、政治こそが戦争の延長であり、戦争は本来終わることはなく、ただ形を変えて別の現われ方をするだけだと主張する歴史家もいた。一九八九年にヨーロッパで共産主義が崩壊し、多くの人が、民主主義は最終的勝利を収めたと考えた。というのも、民主主義が、人類史上最大の殺戮を行なった二つの体制、つまりナチズムと共産主義を打ち負かしたからである。そして、今こそ新しい世界秩序を打ち立てる好機だと話題になった。共産主義は九〇〇〇万から一億もの人を殺害したと言われたが、かつての共産主義者は、それはまったくの真実ではないのではないか、仮に真実だったとしても、そのように解釈するのは間違いであり、当時の共産主義者はよかれと思ってしたことなのだ、と言った。歴史家によれば、共産主義は研究対象として捉えるにはあまりにも生々しい歴史的出来事であるが、やがて歴史の研究対象となり、共産主義に対してこれまでとは異なる、より客観的なアプローチが可能に

戦争は終わることがない

なるだろうという。共産主義の崩壊以前、ソ連や東欧諸国は**東の氷河**と呼ばれていた。これらの国々の生活は停滞して変化することがなく、あたかも凍りついたようだったからである。一九八九年、西欧の多くの人びとが、東欧の国々を早急にヨーロッパ連合に統合しなければならない、それによってヨーロッパ・アイデンティティが豊かになるはずだと考えていた。二一世紀を心待ちにしながら、民主主義が最終的勝利を収めたと考える人たちにしてみれば、全体主義体制が将来姿を見せることなど想定できないことであった。全体主義体制が機能するには、情報を管理し、抑制する必要があるが、インターネットにより全世界の人びとが空間を光速で横断し、思想や願望を語り交わす時代に入って以来、それはもはや不可能だったからである。大規模な強制収容所のあったソロヴェツキー諸島では、共産主義者たちがカモメや海スズメを手当たり次第に殺していたが、それは、囚人が伝言を託したカモメを外国に送り、強制収容所の実態が知れわたることを恐れていたからであった。エルティシ川とオビ川沿いの強制収容所で木こりとして働いていた囚人たちは、川に流して大都市に送る丸太に切り落とした自分の指を結わえつけ、強制収容所では何か悪いことが起きていると知らせようとした。しかし、次第に明らかになったのは、旧共産主義諸国の人びとはヨーロッパのアイデンティティには大して関心がないということだった。東欧の人びとはヨーロッパの歴史に不信感を持っていたのである。西欧の歴史家のなかには、四〇年間の共産主義によって、歴史のない空隙が穿《うが》たれ、歴史的ダイナミズムの意識が欠けているため、東欧の人びとには時間が必要だろうと言う者もいた。ところが、東欧の人びとは別の見方をしていた。自分たちこそが、西欧の人びとに興味深い経験を数多く提供できるはずだと考えていた彼らは、脇に追いやられ、打ち捨てられたように感じていたのだ。精神分析医によれば、歴史の断絶とはセックスを途中で中断するようなものであり、エクスタシーは思いつきの行為の自然な結果なのではなく、フラストレーションを解消する方法なのであるという。

歴史の断絶

モクリ・ヘロホラ

ペンテコステ派の人びとによれば、熱心に祈りを捧げ、瞑想すれば、聖霊と交信することができるという。聖霊と交信したペンテコステ派の人びとは、未知の古い言語を話し、たとえば、**モクリ・ヘロホラ・シュメトハナ**とか、**ハリ・サハナー・エントロピホ・ケシェヘル**とか、**イラジジョコ・エフトカイ・エヤナヴァヴォ・クロカム**などという言葉を発したが、言語心理学者によれば、ペンテコステ派の人びとは、こうしてどの人間意識のなかにもある無意識下のメタ言語活動を活性化させているのだという。社会学者によれば、これは宗教的・政治的言説が信頼できなくなったことに対する反応であり、ひいては言語的慣行に対する不信、人生と歴史の意味に対する信頼の喪失をもたらす。そして人びとは革命的変化が必要だと考えるようになり、その革命的変化は、新しい言語、あるいは未知の言語によって表明されることになる。新しい言語の必要性が強く叫ばれるようになったのは、工業化社会が宗教や社会の伝統的な価値を追いやるようになってからのことであった。ある人びとは、普遍言語を発明して、すべての人びとが同じ言葉で話すようになれば、世界に平和が訪れるはずだと考え、実際にそのような言語を考案した。第一次世界大戦のときには、少数民族出身の兵士や方言を話す地方出身の兵士たちが、指揮官の命令する言葉を理解せず、混乱を招いたり、戦術的ミスをもたらしたりすることがあった。一九一六年、あるブルトン人兵士が手の指に敵の銃弾を受け、上司の中尉から、軍医のところに行くように命じられた。だがこのようなささいな傷で診断を受けるのは愛国者らしからぬことだと考えた軍医は兵士を軍法会議にかけ、その結果、兵士は銃殺刑に処されることになった。その場に通訳さえいれば、軍医のところに行くよう命じたのは上官だと説明できたはずだが、通訳はその間休暇でいなかったのだ。一九世紀末から二〇世紀初頭にかけて二七五の普遍言語が考案され、そのうち最もよく知られているのはエスペラントであった。エスペラントの支持者によれば、エスペラントは電報のようなものであるが、電報よりはるかに優れているという。一九〇九年、エスペラント運動は二つの潮流に分裂したが、それはエスペラントの支持者には、キリスト教徒も、反教権主義者も無政府主義者もいたためだった。信心深いエスペランティストによれば、エスペラントによって神の国の到来が早まるはずだったが、反教権主義者や無政府主義者のエスペランティストにすれば、エスペラントは社会的自覚の現われにほかならず、全世界革命への第一歩なのであった。当初、エスペラントを大いに広めようとしたのは共産主義者たちだったが、一九三七年、ソ連政府は、エスペランティストに対して、コスモポリタニズムと反ソ陰謀の嫌疑をかけ、五五〇〇人のエスペランティストが死刑を言い渡されたり、強制収容所送りになった。ソ連のある言語学者は、共産主義が全世界で勝利すれば、新しい世界は言葉を必要としなくなるはずだと予言していた。というのも、全勤労者が言葉を必要としない連帯が実現され、人びとは次第に言葉を完全に忘れ去り、ただ触れ合うだけで、また革命思想の力だけで互いに通じ合うことができるようになるはずだからであった。

エスペランティストに対する嫌疑

二一世紀の到来を心待ちにしていた人びとは、情報統制がなくなれば、制度化された権力は衰退し、民主主義は最終段階を迎えるはずだと言った。そうなれば、権力は個々人や市民団体の手に委ねられることになるからだ。このようにして伝統的な政治は崩壊し、インターネットの利用者は新しいタイプの市民となり、ハイパーシティズンと呼ばれた。ハイパーシティズンは、歴史上初めて、民族の枠を超越する完全に自由な市民であり、ハイパーシティズンになるには、旧来の思考を捨て、従来とは異なる考えさえ持っていればよかった。次世代の世界秩序において、労働も、資本も、原材料ももはや重要にはならないはずだったからである。ハイパーシティズンの民主主義こそが議会制民主主義に取って代わるものであり、ハイパーシティズンは互いに平等で、対話のなかに生きるはずであった。毎週平均して一つの言語が消滅し、三万五〇〇〇ヘクタールの森が消失した。地球上の九六パーセントの住民が二四〇の言語を話し、残りの四パーセントが五八二一の言語を話し、話者が一人しかいない言語は五一あった。一九九六年、国際連合は、**ユニヴァーサル・ネットワーク・ランゲージ**と称するプログラムを発表した。多くの無政府主義者がエスペラントを学んでおり、一九一〇年には、政治的要人の

コミュニケーション

認識的構造

暗殺方法を講じる教本がエスペラントで出版された。一九二一年には、あるフランスの無政府主義者がプロレタリアートのエスペランティストに向けて、ブルジョワ的なエスペラント運動と手を切り、自分のもとで支部を作るようにと呼びかけた。世界一八〇か国、三億七〇〇〇万もの人びとがインターネットにアクセスできるようになり、同じ関心や似た関心を持つ人びととコミュニケーションできるようになり、たとえば、思春期の子供とどのように接したらよいかアドバイスしてくれるスイスの母親サークルとつながったり、宇宙人と霊的に交信し、そのことを他の人たちに伝えたいと考えている人びととつながったり、あるいは、遠足でイタチの死骸を見つけ、イタチの一生を題材に作文の稽古をしているウィニペグの小学生たちとつながったりした。共産主義者は木の言葉と呼ばれる言語を考案したが、これは人びとが革命思想の力を用いてコミュニケーションするようになるまでのあいだ、新しい社会で用いられるはずの言語であった。言語学者によれば、木の言葉は、公的・私的領域でのコミュニケーションを簡素化し、人間の意識から言語の認識的構造を切り離すことを目的としているという。木の言葉の特徴は、社会の権力機構を参照する複雑なコノテーションの体系のなかに言葉が入り込む点にあり、このようにして個々の単語は次第に本来の意味を失い、話者が政治秩序のなかに深く根を下ろしていけばいくほど、広い意味を獲得していくのであった。たとえば、ある共産主義者が別の共産主義者とばったり出会い、一方が、**君の地方の収穫はどうだね**、と尋ねると、相手は、**今年度の計画に農民たちを動員したよ**、とか、**我々は最終段階の課題に熱心に取り組んでいる**、とか、**同志たちが改善の提案を出している**、と答えるのであった。木の言語を用いて話すのは、当初、主に労働や政治的決定についてだったが、徐々に、天気や休暇、テレビ番組、女房が酒に溺れてＰＴＡに出たがらないといったさまざまな話題についても用いられるようになった。

電信は、第一次世界大戦中、主に機密電を伝えたり、敵の通信を傍受したり、または敵を混乱させるため偽の情報を流すのに使われた。第二次世界大戦時には、暗号を解読するコンピュータがイギリスで発明され、一九六〇年代にはアメリカでインターネットが開発されたが、それは次の世界大戦でロシアが、自由と民主主義にとって決定的に重要な情報を手にするのではないかと不安を抱いたからであった。そして、三億七〇〇〇万人の人びとがインターネットを利用し、自分たちの意見や夢を自由に、気がねなくやりとりすることができるようになった。ハイパーシティズンたちが遠い国に自由に旅行できるよう、インターネットを使ったヴァーチャル・ツアーを企画する旅行会社も登場した。女性は、インターネットを通じて匿名の提供者に精子を注文することができるようになり、宇宙物理学者や技術者やバスケットボール選手など、とりわけ優れた男性の精子を提供する研究所もあった。女性は、国籍、出自、人種、宗教、最終学歴、趣味嗜好、職業、身長、体重、血液型、髪の色、体毛の濃さ、睾丸の大きさなど、一五〇ものさまざまな基準から精子を選ぶことができ、たとえば、黒い髪に青い目をしたアフガン出身で三六歳のアメリカの生物学者の精子を買うこともできれば、オランダ人とウクライナ人を両親に持つカンザス出身の四二歳のバプテストの航空整備士の精子を買うこともできたし、中国出身で睾丸の小さな一七歳の天才チェスプレーヤーの精子を買うこともできた。一回分の精子は、送料込みで平均一〇五〇米ドルで、女性は、録音された精子提供者の声を追加注文することもでき、そこには、**こんにちは！今日はほんとうにいい日だね、自然を散策するのにちょうどいい。君がぼくに満足してくれるといいな、**などと録音されていた。録音の声を聞いたある女性が、精子の値段を一割引にしてくれないかと問い合わせてきたことがあったが、その理由は、提供者がどもっているからというものだった。

優れた男性の精子

自然を散策

工業化社会の発展とともに、ヨーロッパやアメリカではアルコール中毒が広がった。多くの人は、アルコールは人類に対する罰であり、社会の自然な発展を阻害すると考えるようになった。アメリカ人は、アルコール中毒はヨーロッパ社会に特有の病だったのに、それを合衆国にもたらしたのはアイルランド人とイタリア人だと考えていた。そのため、アメリカ人のなかには、アルコール中毒に対する対策を講じるべきであり、今後、イタリア人とアイルランド人が入国する際、心理テストと身上調査を課すべきだ、と求める人たちもいた。一九一九年、アメリカ政府は酒類の販売・消費を禁じ、一九二一年には移民受け入れを制限する声明を出し、アイルランドとイタリアからの移民を八五パーセント減らした。一九一四年、アメリカの精神科医たちは、健康で健全な社会を維持するという目的で、アルコール中毒者の即時断種を推進する運動を展開した。ヨーロッパでは人びとが煙草を吸い、酒を飲み、汚染された空気を吸っているのに対して、合衆国では健康で健全な生活が営まれているとアメリカ人は誇らしく思っていた。そして二〇〇〇年、アメリカでは、黒人との人種間結婚を禁じたアラバマの法律が廃止された。アメリカの医師たちは、体調維持のために新鮮な空気を吸い、運動をしたりサイクリングをすることを推奨した。サイクリングが推奨されたのは主に男性だった。ある意味で、自転車は女性にふさわしくなかったためで、医師によれば、自転車は女性のセックスパートナーとなり、陰唇とクリトリスがサドルで擦れて女たちは興奮を覚え、歪んだ性生活を送ることになるという。女たちが歪んだ性生活を営むことがないように、中央部に穴をあけた特殊なサドルが作られたが、それは快適なものではなかった。一九八〇年代と九〇年代にサイクリングは普及したが、それは、先進国の人びとが健康な生活を営んだり、レクリエーションを楽しむことを切望したからだった。貧しい国々でも自転車に乗る人たちはいたが、それは自動車やバイクを買う金がなかったからであり、シエラレオネでは、成人の三二パーセントが自転車を所有していた。豊かな国々には自動車があふれかえり、自転車に乗る人たちは町中で酸素マスクを装着し、有害な排気ガスから身を守ろうとした。排気ガスは空気を汚染し、大気中に一酸化炭素をまきちらし、温室効果と呼ばれる現象の一因となったが、それは地球の気温上昇に関係があるという。元来、温室効果は地上に生命や知的生命体が出現するうえで必要なことだったが、工業化の時代以降、大気中のガス濃度が上昇して気候変動につながるにちがいないと科学者は指摘した。ドイツでは、企業の重役が旧型の車に乗る従業員に対して会社の前に駐車しないよう注意したが、それは、通りがかりの人に悪い印象を与えるのを懸念したためだった。一九九九年には、ある営業マンが古い車に乗ってきて、横着して会社の真正面に車を停め、注意に耳を貸さなかったためクビになった。年平均の洗車回数は、ドイツでは一九回、イギリスでは一四回、フランスでは一〇回、アメリカでは二八回だった。車は、ゲルマン諸国やアングロサクソン諸国ではラテン諸国より重要であったが、ラテン諸国では、エレガントで、趣味のよいネクタイや靴を持っているかどうかのほうが大事だった。一九三九年、ドイツでは、ユダヤ人に自動車の運転を禁じる法律が制定され、車を運転するユダヤ人がいると、強制収容所送りになった。

アーミッシュの人びとは、インターネットや戦争や消費社会や喫煙やアルコールに反対の立場をとり、電気の使用を嫌い、ランプを灯して生活し、村に住みつき、町に出かけるときは馬車に乗り、環境にやさしい無害の食品や環境に配慮したコーヒーミルやストーヴや石油ランプやろうそくや犂《すき》や泡立て器を販売していた。そして、この世の終わりが到来し、インターネットや戦争に終わりを告げれば、自分たちが選ばれた者たちの一員となり、神の御側に座ることになるはずだと心待ちにしていた。エホバの証人の人びとは、喫煙とアルコールは血液を穢すものだとして、ブラッドソーセージやブーダンを口にせず、輸血も拒否した。血を混ぜることは、ブーダンやアルコールの摂取、あるいは婚外性交と同様に、神の命に反することだったからだ。また、自分たちは神の国の一員であり、世俗のことがらとは何の関わりもないと言って徴兵を拒んだ。エホバの証人の多くの人びとがドイツやソ連の強制収容所で命を落としたが、それは、革命理念をないがしろにする態度をとり、反社会的で、反革命的な思想を広めていたからであった。共産党は、反社会分子、反革命分子を一六のカテゴリーに分け、一九一九年に、ソ連の各行政区に強制割り当てを行なった。第一指針では、各郡で射殺されるべき反社会分子、反革命分子の数が定められ、第二指針では、強制収容所に送られるべき人数が決められていた。ソ連政府はまた、食糧配給券を配る際の基準となるリストを作成したが、それは階級的割り当てと呼ばれていた。もともと、そのリストでは五つのグループに住民が分けられていたが、のちにこの数は社会的、政治的状況を完全に反映するものではないとして、共産党はカテゴリーを三三に増やした。最上位のカテゴリーには赤軍兵士やコミサールたちが含まれ、最下位のカテゴリーには、ブルジョワの腐敗分子、怠惰な者、ごろつき、正教の司祭、出自が疑わしい人物、その他の反社会分子が分類され、これらの人びとは強制収容所行きとなる順番を待つのみだった。一九一七年に十月革命が起こったとき、司祭たちは、これは終末の始まりで、人びとは世界の終わりに備えなければならないと言った。終末論を唱えるセクトは二〇世紀に急増し、なかには、信者の集団自殺を計画するものもあったが、それは死後の世界で未来を確かなものにする、最も確実な方法だったからである。また、世界の終わりから最後の審判にいたる過渡期のあいだ、信者や支持者が身を隠すべく、独自の電源と水道設備のある巨大な地下壕を建設したセクトもあった。一九九九年、アーミッシュの人びとは、コーヒーミルやろうそくや泡立て器などの販売で、通常の一二倍もの売上をあげたが、それは、**二〇〇〇年問題**によって家電が故障したら、電気が使えなくなるのではないかと人びとが恐れたからであった。社会学者のなかには、電気系統にトラブルが起こると、テレビや電子レンジやATMが停止する事態になるのではないかと人びとが抱いた恐怖心は、無意識に抑圧されていた千年王国論に端を発するもので、西洋文明の歴史を運命づける瞬間が訪れるにちがいないと考える者もいた。彼らによれば、混乱や社会不安などが生じるが、それによって西洋社会はテクノロジーの独裁から抜け出し、調和のとれた精神的で神秘的な新しい時代を迎えることができるのだという。いくつかの国々では、現金を増やすために紙幣が乱発され、カナダでは政府が住民の避難訓練を主導し、イギリスとデンマークでは、市民が砂糖や小麦粉を浴槽に備蓄し、フィンランドでは、原発災害時に摂取を推奨されるヨードが薬局という薬局でたちまち売り切れた。**二〇〇〇年問題**のせいでロシアの原発の安全システムが停止するのではないかとフィンランド人が恐れたためである。社会学者によれば、**二〇〇〇年問題**は現代の社会的想像力の論理のなかに入り込みつつあり、二〇世紀になると、悪はかぎりなく微細な形をとるようになり、人びとはもはや巨大で複雑なもの、蒸気機関車などを恐れるのではなく、原子やウィルスや遺伝子やプリオンを恐れるようになった。精神分析医によれば、**二〇〇〇年問題**は社会生活における父殺しを意味し、新しいテクノロジー世代はそうして独立を獲得し、歓喜を得るのだという。

ブーヘンヴァルトの強制収容所の門の上には、**各人はその働きに応じて**、というスローガンが掲げられていた。ブーヘンヴァルト収容所はエッテルスベルクという丘の近くにあり、もともとはその名で呼ばれていた。エッテルスベルクはドイツ史において有名な場所であり、一八、一九世紀には、著名な作家や哲学者が集まって散歩をしたり、樫の木の下に座ってヨーロッパ文明の意義について議論したりしたところだった。エッテルスベルク強制収容所が設置されたのは一九三七年だったが、その一年後、ヴァイマルのナチ党文化部は、強制収容所の名称がドイツ国民の文化遺産に結びつけられるのは適当ではないと判断し、関係当局に改称を要請した。ブーヘンヴァルトでは、一九三七年から四五年のあいだに、ナチ・ドイツの敵とされた五万人の人びとが殺害され、一九四五年から五〇年のあいだに、ソ連とドイツ民主共和国の敵とされた七〇〇〇人が殺害された。ブーヘンヴァルト収容所は、絶滅収容所であるとともに労働収容所でもある多機能型の収容所だった。囚人が到着すると、前腕に囚人番号の刺青が施された。開戦して数か月のあいだ、囚人たちは文面が事前に印刷された葉書を受け取り、その葉書を家族に送らなければならなかった。葉書には、**宿舎は美しい**とか、**私たちはここで働いている**とか、**対応は親切で、よく面倒を見てくれる**などと書いてあった。葉書を受け取った家族が差出人に会いたくなったときなどにはドイツ当局に申請し、どこそこの収容所にいる家族に面会したい、という要望を出すことができた。ブーヘンヴァルトに収監されていたギリシャ人の囚人がピルゴスにいる父親に宛てて手紙を出し、その三か月後、父親は収容所を訪問しに来たが、駅のホームで息子は父親に飛びかかり、自分がドイツ兵に射殺されるよりも早く父親を絞殺してしまった。

強制収容所では科学実験も実施された。その大半は不妊や去勢手術のさまざまなやり方を試したり、どれだけ苦痛に耐えられるかを実験するもので、若い頑健な囚人が被験者として選ばれ、足の一部が切断されたり、骨から肉をそぎ落とされたりした。また、

双子の実験

双子を被験者にするさまざまな実験も行なわれ、当時、専門家のあいだで大いに話題になっていた遺伝学の新しい仮説をまとめ上げるのに役立つこととなった。明らかにユダヤ人の外見をした者が囚人のなかにいると、ナチはその者の首を切り落とし、標本にしたものをドイツの学校に送って、幼い児童がユダヤ人を一目で見分けられるように教えた。

ユダヤ人の曲がった鼻

曲がった鼻、下品な目、落ち着きのない眼差し、長い骨ばった指をしていることがユダヤ人を識別する基準とされた。ユダヤ人がしばしば虚弱体質で病弱なのは、自然のふところから追放されたからだという。医学は二〇世紀において大いに進歩し、学者はペニシリンを発見し、予防接種を義務化し、輸血や避妊や勃起促進剤を発明し、女性は病院で出産するようになり、妊婦用の栄養剤を摂取するようになり、人びとはもはや自宅で死を迎えることはなくなり、現代医療が提供する最高の設備に囲まれて最期の時を

病院で過ごすようになった。オランダの学者は、遺伝子交配によるウシを発明し、その受精卵にヒトの遺伝子を埋め込めば、成長したウシがヒトの乳を出すようになり、多発性硬化症の予防に役立つにちがいないと主張した。だが、ニューエイジを信じる人びとからすれば、現代医学は体内にある自己調節能力を破壊するものであり、医者のもとに通ったり、予防医学を講じる代わりに、特殊な自然治癒法を推奨した。それを行なうと、ポジティヴな思考によって患者の精神構造が変わり、新しい生理状態に移行し、そのような状態になればもはや病気ではないのだという。そしてまた、真の変化をこの世にもたらすのは、科学革命でも、新しい宗教でも、政治改革でも経済改革でもなく、一人ひとりが精神的な存在となることであって、それによって人間は責任ある寛容な存在に変わり、歴史的記憶に代わって宇宙的記憶がもたらされるのだという。そしてアメリカでは、医師の監視下における自殺がオレゴンで合法化され、オランダでは安楽死が合法化された。そして、もはや本当に貧しい者などいなくなり、すべての人びとが冷蔵庫やテレビや有給休暇などを手に入れ、科学者は、ビニールやベークライトやポリエチレンやマイクロプロセッサーを発明し、発明家は、使い捨てライター、使い捨てボールペン、使い捨て髭そり、使い捨てパック、使い捨てボトル、使い捨てナプキン、使い捨ておむつ、使い捨てカメラ、使い捨て注射器といった使い捨ての商品を発明し、社会学者は、使い捨て商品という新しい文化の時代に社会が突入したと述べた。先進国では豊かになる一方で失業率は上昇した。というのも、労働量が少なければ少ないほど、人びとは豊かになったからである。広告代理店は独創的で洒落っ気のある広告を考え出し、保険会社は、**現実主義者であれ、不可能を要求せよ**、というコピーを、自動車メーカーは、**ついに想像力がこの世を支配する**、というコピーを、洗濯洗剤メーカーは、**ブルーは刷新されないかぎりグレーのままだ**、というコピーを使った広告を出した。民主主義諸国では、大統領の任期を一期ないし二期までとすることが法制化された。通常、任期は四年か五年であったが、新しく独創的な思考がもたらされ、社会の大規模な再生が保証されることとなった。哲学者は、世界は複製文化の時代に突入し、ありとあらゆるものは他のもののコピーのコピーの、そのまたコピーにすぎないと述べた。医師は、精子と卵子を培養器に入れ、性交渉なしに子供をつくる方法を考え出した。このようにして生まれた子供たちは試験管ベビーと呼ばれ、最初の試験管ベビーは一九七八年に誕生した。この方法を考え出した医師は、培養器内で卵子を分裂させることを発案し、それにより予備の双子をつくることに成功した。双子の一人は母親の子宮に戻し、もう一人は冷凍保存する。そうすれば、母親の子宮にいた子が成長して身体器官が摩耗した場合、冷凍保存した双子の片割れが代用器官を提供できるのだった。

色黒のロマ

長頭のスラヴ人

劣等人種として扱われた他の例として、ロマとスラヴ人がいる。ロマは色黒で知性に欠け、生まれつき盗みと殺人に走る傾向があるとされた。スラヴ人も知性に欠け、生まれつきの下僕かつ奴隷であるが、同時に怠惰で、暗い顔つきをし、きわめて単純な作業さえ集中して取り組むことができないとされた。ナチは、スラヴ人を**ウンターメンシェン**と呼んだが、それは、**メンシェン**、つまりヒトより低い発展段階にある下等人間という意味だった。ドイツ人の血を引いていることが証明された長頭のスラヴ人は子供を取り上げられ、ドイツ人の里親に預けられた。ナチの試算によれば、長頭のスラヴ人は、ポーランドでおよそ一二パーセント、ザカルパチアで二五パーセント、ウクライナで三五パーセント、チェコでは五〇パーセントほどだった。ロマとユダヤ人は**レーベンスウンヴェルト**、つまり生きる価値がないとされ、収容所では五〇万人のロマと三〇〇万人のユダヤ人が殺され、二五〇万人以上のユダヤ人がゲットー内や連行中、あるいは集団処刑や収容所への道すがら命を落とした。一九四一年、特別行動部隊**アイン**

ザッツグルッペンは、占領地で可能なかぎり多くのユダヤ人を射殺するようにと命令を受け、半年のうちに八〇万人を射殺した。ドイツ兵用の石鹼には大文字でＲＪＦと印字されていたが、ある歴史家は、**ライネス・ユーデンフェット**、つまり純粋ユダヤ人脂肪という言葉の略語であると主張し、別の歴史家は、**脂肪および洗浄剤産業センター**の略語であると述べた。一九〇五年には、ドイツのジプシー問題研究所が**ツィゴイナーブーフ**、すなわちジプシー白書を刊行し、同書では、精神科医と人類学者と生物学者によって、なぜロマが劣等であり、どのような点で社会に有害かについて説明がなされていた。一九二二年、ドイツでは、ロマに対して従来の出生証明書の代わりに人体計測証明書が発行され、一九三九年には、ロマを強制収容所に集め、当時は包括的安楽死と呼ばれた最終的解決に踏み出すことが決定された。一九四一年、ある長頭のポーランド人が普遍言語グローバル・ゲルマンを考案した。一九三六年、**レーベンスボーン**、**命の泉**という研究所が設立され、祖国に子供を捧げることを希望するドイツ人女性に対し精液が注入された。研究所は、八つの妊娠施設、一四の産院、六つの保育施設からなり、保育施設では、**親衛隊**隊員から選別された男性の精子で妊娠したドイツ人女性の子供たちのほか、長頭のスラヴ人の子供も養育されていた。出産施設の入口の上には泉とこぐま座を組み合わせた紋章が掲げられ、そのなかの大きな北極星は北方人種の血を象徴していた。一九四四年、ビルケナウ収容所当局は、所内に残っていたロマ全員をただちにガス室送りにせよという命令を受け、臨時の夜勤の者を招集し命令を実行した。その夜のことは**ツィゴイナーネヒテ**、つまりジプシーの夜と呼ばれている。そしてその間、コスモリンゴ、ラティヌルス、ムンディアル、コスマン、コミュン、ニュートラル、シンプリモといったさらなる普遍言語が生み出されていた。一九八五年、世界ユダヤ人会議は、ユダヤ人はロマ民族に満腔の哀悼を表すると声明を出したが、同時に、ロマの安楽死は、民族的基準ではなく社会優生学にもとづいて行なわれたのだから、ジェノサイドではないとした。

世界中に見られるファシズム

のちに歴史家は、二〇世紀の政治体制を、全体主義、権威主義、民主主義の三つに区分した。全体主義体制は共産主義とナチズムであり、権威主義体制はファシズム、およびファシズム的傾向をもつ独裁体制で、それは第一次世界大戦後、イタリアやスペインやポルトガルやブルガリアやギリシャやポーランドやルーマニアやハンガリーやエストニアやラトヴィアなどに現われた。共産主義者はファシズムとナチズムはそもそも同じものだと言ったが、多くの歴史家はこれには同意せず、ファシズムは、その本質からして世界中で見られるものであって、どこにでも移植が可能であり、所与の文化的、歴史的条件に短期間で適応することができるはずだとした。他方、共産主義とナチズムは、その本質からして所与の条件に適応しがたいものだという。なぜならば、共産主義とナチズムのどちらでも、現実はイデオロギーに完全なかたちで従属するので、まさにそのために全体主義となるからである。ファシズムは柔軟で、右翼でも左翼でもよく、老人にも、革命的な高揚感を持つ若者にも訴えかけることができ、老人には秩序を回復すると約束する一方、若者には、あらゆるものが永遠に若くありつづける新しい世界を築くと約束する。共産主義者は、永遠の若さを保つ世界という点はファシストと共有しているが、老人のために秩序を回復しようとは考えていなかった。若者は未来をめざし、風は穂を波立たせ、地平線には太陽が昇っていた。そして精神分析医によれば、ドイツ人の大多数がナチのイデオロギーに賛同したのは性的欲求不満の表現で、まさに父親を求めていたのだが、かたや共産主義への信仰は、その初期段階ではサド・マゾヒズムの表現であった。

共産主義者のスローガンは、**健全な魂は健全な体に宿る**、というものであった。精神分析はブルジョワ社会の衰退を示しており、ブルジョワ社会の人びとは資本主義に起因する欲求不満や劣等感の代償をどこかに求めなければならなかったと共産主義者は述べた。一九二九年、レニングラードの優生学研究所は、ソ連労働者のなかから傑出した個人を選び出し、受精センターでソ連女性に受精させることを計画した。レニングラードの優生学者の試算によれば、傑出した労働者が一人いれば、一一〇〇人の質の高い労働者をソ連人民に提供することが可能となり、そうすれば、将来実現される階級のない社会の健全な中核を強化することができるということだった。共産主義者は、工場労働者や事務職員のために朝の体操を計画し、労働の能率が上がるようにラジオから歓喜に満ちた歌を流したり、寓意像や活人画を使ってパレードやスパルタキアードを組織したりした。共産主義者によれば、これこそが人民という泉から汲み上げられる新しい芸術なのだ。ナチによれば、芸術は美学の問題ではなく、生物学的問題であって、真の芸術とは国民の魂にほかならず、すべての人に関係することである。共産主義者にしてみれば、芸術は孵化する蝶のさなぎのように楽観主義的でなければならず、また未来に向かって進む人民の行進のように断固としていなければならなかった。彼らは、遠くから

すべての人に関係する芸術

でも見える壮大な作品、記念像やフレスコ画や巨大な絵画を作り続け、素朴な人民でも芸術を楽しめるようにした。ナチは、現代芸術は退廃的で、新しい芸術表現は民族という泉から汲み上げられなければならないとした。共産主義者は芸術家に疑いをかけ、意図的に退廃芸術をつくって、素朴な人民から遊離しようとしているのではないかと疑いの目を向けた。彼らはまた、芸術家は新しい芸術表現、そして新しい斬新な思想を見つけ出す必要があると述べたが、次第に斬新な思想についても懐疑的になっていった。というのも、そのような斬新な思想はブルジョワ思想の表現である可能性があり、モダニズムという仮面の下に、真に革命的で新しいものの出現を妨げるものかもしれなかったからである。そして共産主義者は、口髭を生やしたり、シルクハットをかぶったり、奇抜なコートを着たり、カフェでノートにスケッチしたりするような人びとにも疑いの目を向けるようになった。真の芸術は新しい生を反映したものでなければならず、楽天的でかつ断固としていなければならないと主張して、朝の体操を組織し、勤労人民に向けてラジオで歌を流した。

共産主義者が強制収容所を発明したのは一九一八年のことで、革命の勝利を加速させ、プロレタリア独裁を確立することを目的としていた。歴史家によれば、ソ連の収容所では一五〇〇万から二〇〇〇万人が死亡し、その後三五年間で、ソ連の成人市民の七人に一人が、収容所で人生のある時期を過ごしたという。一九一六年には、アイルランドで革命が起こった。一九一七年には、ロシア軍から土地と家畜の分配に間に合うよう帰郷しようとした二〇〇〇万人以上の兵士が脱走した。土地分配は、帝政崩壊のあと権力の座に就いた政権が彼らに約束したことであった。アイルランド革命は詩人の革命といわれたが、それは、アイルランド革命評議会のメンバーの四分の三が詩人だったことに由来する。アイルランド共和国の樹立をめざしていた彼らは、イギリス兵の多くがフランスやベルギーでドイツ軍と交戦している以上、イギリスにはアイルランド革命に有効に介入する余裕がないだろうと踏んでいた。

プロレタリア独裁

共産主義者がプロレタリア独裁の確立を重要視したのは、ブルジョワジーのほかに、都市部の労働者や村の農民とも戦わなければならなかったからである。そうした人びとは革命には別の期待を抱いていたため、反乱を起こしたり、ストライキを行なったり、革命的課題を遂行するのを拒んだりした。詩人たちの革命では、蜂起側で六二名、イギリス軍側に一五〇名の死者が出た。

課題遂行を拒む

共産主義者は、革命的課題を遂行しようとしない農民から収穫された農作物、牛、鶏などの没収を始め、ソヴィエト権力に対して敵対的行動を取ったり、夜中にコルホーズ農場からトウモロコシを盗んだり、牛や鶏の徴発に応じなかった農民を強制収容所送りにするか、銃殺刑に処した。のちに共産主義者は、農業地帯のウクライナ、北カフカス、あるいはカザフスタンで、農民が敵対的態度をとるのをやめさせる最良の方法として飢饉を発生させることを考えついた。鉄道輸送を迂回させ、これらの地域に通じる道路を封鎖し、商店を閉鎖したり市場を禁止するなどしたために、六〇〇万人もの人びとが飢え死にした。なかには、隠していた身内の死骸を闇市場や知り合いに売ったりする者も出て、このようにして手に入れた金で、別の死骸の肉を買ったりしていた。というのも、過去に楽しい時間を共に過ごした人たちの肉を食べることは憚られたからである。彼らは死骸の骨でスープの出汁をとり、内臓をピロシキの具にした。ボゴスロフカという村のある農民は集団墓地のそばをねぐらにし、死骸の肉を料理していたが、共産党員に発見され、見せしめとして銃殺された。元来、強制収容所には、労働収容所と特殊収容所の二種類があった。労働収容所では、アルコール中毒者、ごろつき、寄生者、最低限の労働義務を果たさなかったり職務を放棄したりして日々の革命的計画を確実に遂行できない者に対し、自発的に作業に取り組む意義が叩き込まれた。他方、特殊収容所では、評判

ブルジョワ堕落分子

戦争捕虜

のよくない危険分子、共産党以外の政党員、ストで逮捕された労働者、不審な公務員、ブルジョワ堕落分子、破壊分子、精神異常者、無政府主義者、富農、ジャガイモ泥棒、そして十分な数の反革命分子を収容所に送り込まなかった反革命同調者が働いていた。一九二二年に、労働収容所は廃止され、特殊収容所だけが残り、そこでは万人の幸福のために共に労働がなされていた。一九二三年には、二人のごろつきと一人の旋盤工がモスクワからムーロンの強制収容所送りになったが、ごろつきは仕事帰りの労働者をからかい、旋盤工は三回連続で仕事に遅刻したのがその理由であった。ある夜、旋盤工は、寝台から外した横木で二人のごろつきを殴り殺した。それは彼らが反ソ的な冗談を言い合ったためで、旋盤工は、反ソ的冗談を聞かれてしまうと、誰かにそれを密告され、自分も共産党員に銃殺されるのではないかと怖れたのだった。そして、第二次世界大戦後、捕虜となっていたソ連兵たちが帰還すると、十分な戦意を示さず、個人主義の傾向があると疑われて強制収容所に送り込まれた。ソ連に帰還した捕虜は二二七万人で、過労や病気や疫病で死んだ場合を除くと、収容期間は平均一〇年だった。強制収容所での主な死因は凍死と足の壊死だったが、なぜ足の壊死だったかというと、囚人たちは夜寝ている間に靴を盗られることを恐れて、靴を履いたまま眠っていたからであった。

スローガンを叫ぶ人びと

歴史家によれば、一九一四年の動員を、ドイツ、オーストリア、セルビア、フランス、イタリアなどの世論は歓迎していた。第一次世界大戦は、ことによると、歴史上唯一、真の意味での国民的、愛国的な戦争だったかもしれないという。兵士たちが駅に向かって町を行進していると、人びとが通りに集まってきて、愛国的なスローガンを叫んだり、銃口にカーネーションを差し込んだり、楽隊は鼓舞するような曲を演奏したりした。イギリスでは、一九一四年の時点で兵役義務がなかったが、一五〇万人あまりの人びとが志願兵となった。そして彼らは駅に向かい、現代の工業化社会が忘れ去った徳目、たとえば祖国への愛、勇気、犠牲心が戦争のおかげで自分たちのなかに蘇ることを期待していた。しかし、戦争が続くうちに、地雷と塹壕と疥癬《かいせん》とネズミばかりが増えていき、兵士たちは、自分たちがそもそも何のために戦っているのか、ますます確信が持てなくなり、自分たちは見捨てられ、愛されていないと感じるようになった。そして、ネズミを見つけては撃ち殺したり、灰皿をつくって、**第二五連隊万歳**、とか、**戦争の記念に**、とか、**乾杯！　そして二度とゴメンだ**、などとナイフで彫り込んだりした。フランスとイギリスでは、第一次世界大戦後、平和主義者が増加し、世論も平和を求めるようになったが、その間、ドイツ人は軍服を縫い、戦車と飛行機を製造していた。スペインでは内戦が始まり、ファシストは共産主義者を敵として戦い、共産主義者は革命を固めるためにアナキストを敵として戦い、アナキストは永続革命を、ファシストは国民革命を望んだ。平和主義者は、平和には最高の価値があると述べたが、ナチの考えによれば勝利にこそ最大の価値があり、人の運命の偉大さは善と悪との戦いのなかにあった。共産主義者は、共産主義の勝利を加速しなければならないと考えた。ドイツはポーランドとデンマークとノルウェーとオランダとベルギーとフランスに侵攻し、ロシアはポーランドとエストニアとラトヴィアとリトアニアとフィンランドとルーマニアに侵攻した。そして、第二の世界戦争が始まったことが次第に明らかになっていった。

軍服を製造するドイツ人

歴史家のなかには、第一次世界大戦より第二次世界大戦のほうがよいと考える人たちがいた。というのも、第一次世界大戦は国民的で愛国的な戦争だったのに対して、第二次世界大戦は文明間の戦争だったからだ。第一次世界大戦では、人びとはもはや過去のものとなった狭量な考えのために戦ったが、第二次世界大戦では、人間の理念を死守するために戦ったという。第二次世界大戦後、平和主義者になる人はなく、民主主義諸国

狭量な考え

と共産主義諸国のあいだで第三次世界大戦が起こるだろうと考えられていた。いたるところでスパイが暗躍した。宣伝省では、どのようにしたら最終的勝利に貢献できるかが検討されていた。科学者は、新型兵器、新型の毒ガス、核兵器、弾頭、ミサイル、パラシュート付き爆弾、電磁摂動、中性子放射線、高分子細胞毒性を開発した。そして、新しい発明や科学的発見、新しい社会現象や理論を名づけるために、**相対性理論**、**ブラックホール**、**精神分析**、**テレビ**、**ユーゴスラヴィア**、**人道に対する罪**、**ラジオ**、**モデム**、**ダダイズム**、**社会生成論**、**ポストモダニズム**、**ジェノサイド**、**生命倫理**、**優生学**、**遺伝子導入**、**キュビスム**、**宇宙生物学**、**核崩壊**、**人間関係**などの新しい単語や表現が作り出された。

ある哲学者によれば、世界秩序は言説のメカニズムに対応しているという。言説は可変的かつ所定の記号を有しているが、記号の編成自体は意味を与えるものではなく、すべてはゲーム、偶然、アナーキー、プロセス、脱構築、間テキスト性などでしかなく、記号そのものは元来意味の担い手であるが、私たちにはそれがどのような意味なのかはよくわからないのだという。しかし、別の哲学者たちによれば、言説と世界を構成する記号には意味が欠落しており、意味の不在によって主体も実態も失われ、歴史は、ただ連続する形態のない動きにすぎなくなり、もはや何かを表明することもなく、すべてはフィクションで、シミュレーションであるという。さらに、人文主義が衰退したのはある意味で論理的なことだという。人文主義は行きつくところまで行きついて、自由と個人主義と多元化主義と透明性などといったそれ自体の固有の価値を達成して、袋小路に入り込んでしまった。そして、人文主義者は、まいた種を刈り取ろうとしている、つまり、個人主義的で相互作用的でポジティヴで半透明で制御できる世界を手にしつつあり、この世界はそれ自体のシミュレーションのなかで消滅し、その最終的な解決とは現実が超現実に入れ替わることだという。ある数学者によれば、現実とは幻想にすぎず、実際にあるのは人間の脳内の数学的構築物でしかなく、脳は他の次元からの周波数を解釈するのだが、それは空間と時間を超越するのであり、脳は宇宙を描き出すホログラムであるが、宇宙もまたホログラムなのだという。一九九三年、かつてナチ党員だった老女が、コペンハーゲンの研究所に自分の脳を提供した。脳内に収められた映像を孫たちに見せてほしいというのが依頼の理由だった。老女は孫たちに、けっして自分の生涯を語ることができなかったからである。

一九〇七年、あるフランス人がエンジンを搭載した飛行機で英仏海峡を横断した。一九一〇年にはあるペルー人がエンジンを搭載した飛行機でイタリアのアルプスを越え、一九一一年、イタリア人は対トルコ戦争でエンジンを搭載した飛行機を使用し、一九一四年、ある設計者は、機関銃掃射ができるよう飛行機の構造を工夫し、一九一五年には飛行機から爆弾を落とす方法が考え出され、一九四五年、アメリカ人は原子爆弾を発明して、ヒロシマという名前の町に投下した。爆撃機は**エノラ・ゲイ**と名づけられ、のちに飛行士が記者たちに説明したところによると、この名前はアイルランド人の祖母の名をとったもので、陽気な名前だったので爆撃機の通称に選んだのだという。原爆は、半径三キロメートル以内の建造物をほとんど吹き飛ばし、爆雲が空にあがった。その雲はキノコのような形をしていたのでキノコ雲と呼ばれるようになった。地元の学校には負傷者を介抱する救護所が設置され、生き延びた生徒たちは、負傷者の傷口にわいた蛆を箸で取り除いてやり、負傷者の息が絶えると手押し車で火葬場に運んだ。その後数か月のあいだに、原爆病と呼ばれた病気、白血病や無気力症などが原因でさらに多くの人びとが亡くなっていった。原爆も原爆病も生き延びた人びとは、癩病患者のように見え、精神異常者のような振る舞いをし、周囲の人びとに恐怖を与えた。のちに、多くの人びとが、アメリカが戦争の最末期に原爆を投下したのは無用な蛮行だったと考えるようになったが、軍事戦略家によれば、アメリカが原爆を投下しなかったとしても、どこか別の国が原爆を投下していたにちがいないという。というのも、原爆は、一度は

現実の条件

どこか現実の条件下で試されなければならず、それにより初めて世界に恐怖の均衡がもたらされ、第三次世界大戦を防ぐ保障になるからであった。一九四四年、アメリカ人は**ルパート**という等身大の人形を発明した。ルパートはパラシュート隊員の恰好をしていて、手榴弾と爆薬がぎっしり詰まっていた。アメリカ軍が敵の前線後方で飛行機からルパートを投下すると、地面に降りてくるのを見たドイツ軍やパルチザンが近づいてくる。すると、ルパートは着地して爆発し、周囲の者を皆殺しにした。一九一八年、ドイツでは、一二八キロ先まで砲弾を飛ばすことができる**太っちょベルタ**という名の臼砲が発明された。一九四四年には、時速五八〇〇キロメートルを達成した**報復兵器**という誘

ドイツの最終的勝利

導ミサイルが発明され、ドイツの最終的勝利を決するものになるはずだった。一九四七年、アメリカでは超音速飛行機が開発され、一九五七年、ロシアでは人工衛星が開発され、一九六一年には最初の人間が宇宙に送り出され、一九六九年にはアメリカが三人の

宇宙飛行士を月に送った。最初の宇宙飛行士は梯子段から月面に降り立ったとき、**これは一人の人間にとっては小さな一歩だが、人類にとっては大きな一歩だ**、という歴史的なセリフを口にした。アメリカの宇宙計画の中心的な立案者は、元ドイツ軍親衛隊特殊部隊の大佐で、一九四四年に誘導ミサイル**報復兵器**を開発した人物であった。のちに、宇宙飛行士が述べた歴史的なセリフは、彼自身で考え出したのか、それとも前もって広報の専門家が考えたものなのかをめぐって論争が交わされた。誘導ミサイル**報復兵器**が製造されていたのはミッテルバウ＝ドーラ強制収容所だった。月面着陸の様子は五億二八〇〇万人がテレビ中継で見守っていて、政治家や広報担当者によれば、それは全世界的なコミュニケーションと、より価値ある人間関係を作り上げる重要な一歩になったという。

第二次世界大戦中、物理学者は相対性理論を再評価しはじめ、数学者は情報理論を考え出した。情報理論は、意味論的領域を無視し、意味とは無関係のものとして情報を扱おうとした点に斬新さがあった。そして数学者や宇宙物理学者のなかには、情報は宇宙を構成する要素のひとつであり、宇宙の組成は、エネルギーと情報が一方に、そして情報と物質が他方にある二者の反対関係の合力なのだという。哲学者によれば、情報とは哲学上の概念であり、ある存在を何らかの形態に適用することが情報であり、そのためつねに何らかの内容の痕跡が見出されるが、内包される運動以外にそれは何の意味も持たず、その運動は形態の外でも進行可能だという。そして哲学者は、情報における意味の不在は歴史における意味の欠如に関係しているのではないかという問いを提起している。ある数学者は、相対性理論は、世界を見る新しい視点に数学的基礎を与え、情報理論はそれをさらに論理的に推し進めたものであると述べた。ナチは当初、相対性理論を否定し、ドイツ国民に害をもたらそうとするユダヤ人の美学的、思想的攻撃にほかならないと主張した。共産主義者は、相対性理論は科学それ自体が相対的だと主張することを企図するブルジョワジーが考案したものであり、確固たる科学的基盤に依拠する共産主義を疑問視しようとしたのだと主張した。

世界を見る新しい視点

国民と文明

第一次世界大戦は国民的で愛国的な戦争であり、愛国主義や国民精神や戦没兵士記念碑といったものを人びとは信じていた。文明間の戦争といわれた第二次世界大戦以降も、人びとは長きにわたって、文明という観点ではなく国民の視点で物事を考え、どの国民にもそれなりの特性があった。イギリス人男性は実利的で、イギリス人女性は足が大きく、イタリア人女性の胸は大きく、イタリア人男性は気楽で、ドイツ人は衛生に気を使い、ユーモアのセンスがなかった。アイルランド人は永遠の酔っ払いで、スコットランド人は疲れを知らずに歩きつづけ、フランス人は傲慢で、ギリシャ人は劣等感に悩まされ、チェコ人は臆病で、ポーランド人は永遠の酔っ払いで、イタリア人は騒々しく、ブルガリア人は遅れていて、スペイン人は陰気で、ハンガリー人はうぬぼれ屋だった。そして彫刻家や石工は注文を次々と受けて嬉々としていた。フランス人は**礼儀**《サヴォワール・ヴィーヴル》を知り、イギリス人には**フェアプレー**の精神があった。重要な節目となる日には、子供たちが見張り番として記念碑の前に立ち、戦争の証言は永遠に生きつづけ、われら人間はそのことに思いをいたさなければならないと表明していた。人類学者によれば、思いをいたすには、記念碑のほうが博物館や文書館よりもふさわしいという。それというのも、記念碑は歴史よりも記憶に訴えかけ、記憶を生き生きとよみがえらせるのに対し、歴史は過去を時間のなかに固定し、生きた過去に正統性を与えることを拒むからだという。そしてまた歴史家によれば、記念碑は社会の記憶を分類したり、集合的記憶を作り上げたり、忘却一般に、とりわけ特定のことがらの忘却に抗うことを可能にするが、同時に別の形態の忘却を生み出すものでもあった。哲学者は、忘却もまた構築的でありうると述べた。記念碑は、公共の場所、自然のなか、道路脇、あるいは戦場跡といったさまざまな場所に建てられた。人類学者によれば、あらゆる場所に記念碑を建てたことで、象徴空間が二〇世紀に新たに編成され、その空間編成は、社会において、個人的、集団的アイデンティティの基礎になるものだが、同時に社会制度であり、知的ひな型であって、つまり歴史全体の第一条件になるのだという。記念碑の前で立ち止まる人たちは、兵士やパルチザンや強制収容所の囚人たちと、彼らの生を、そして死を、ほんのわずかではあったが共有しているような気になった。ある歴史家が言うには、記念碑とは、干潮で水が引いたあとに海岸に残された貝のようなもので、記憶が薄れて残されたものだという。まだわずかに生の痕跡をとどめてはいるが、その生は切り刻まれたミミズのようなもので、もはや現実ではなく象徴的なものにすぎない、と。ある若いユダヤ人女性は、ストリュートフのプラットフォームで《メリー・ウィドウ》のアリアをヴァイオリンで弾いたがために、戦争を生き延びることができた。男も女も髪を刈られ、チケットが手渡され、温泉の入口に着いたら、そのチケットを渡すよう指示されていた。一九一七年、あるイタリア兵は自分の姉に宛てた手紙のなかで、**日**

を追うごとに、ぼくは前向き《ポジティヴ》になっていく、と手紙を書いた。ドイツに占領された国々では、戦後、対敵協力者、祖国の裏切り者などを見つけ出せ、という声が上がるようになり、ドイツ兵と寝た女性が頭を丸刈りにされることがあった。強制収容所から坊主頭のまま帰還したかつての囚人は、自分の妹の友人とダンスパーティーに行ったが、この女性はドイツ兵と寝たという理由で、地元の人たちに丸刈りにされていた。二人は頭を寄せ合って踊っていたので、まわりの人びとにしてみれば、場違いでほとんどおぞましいものに見えた。スペイン人はフラメンコを踊り、ロマは暗い眼差しを投げかけ、ロシア人は傲慢で、スウェーデン人は現実主義者で、ユダヤ人は狡猾で、フランス人は気楽で、イギリス人はうぬぼれ屋で、ポルトガル人は遅れていた。しかし、消費社会とコミュニケーション手段の発達とともに、ヨーロッパの人びとの生活は徐々に似たようなものになり、一部の社会学者や歴史学者によれば、国民的視点から考えることは時代遅れとなり、西欧の先進社会の最も際立った特徴はコスモポリタニズムになった。ドイツ人とかルーマニア人とかスウェーデン人とかいうものはそもそも存在せず、それらはただ社会的なステレオタイプと偏見の自己投影にすぎないのだった。しかし、この見解に同意しない社会学者もいて、彼らが言うには、消費社会とコミュニケーション手段の発達とともに、人びとはだんだんと自分たちの方向感覚を失っていき、国民社会は、逆説的なことに、以前のどの時代よりも重要性を増していった。また、ステレオタイプは、集合的、歴史的記憶を保つのに不可欠なものであり、これなしには西欧社会は文化的一体性を失いかねなかった。つまり、一体性と多様性に依拠しないかぎり存在しえないものなのだ。集合的記憶は、過去と現在を妥協させる相互作用であって、ステレオタイプと偏見は、歴史や技術革新などに比べてそれほど早く古びるものではなく、社会的アイデンティティが守られる最後の、そして最も生き生きとした場であるとも述べた。民族学者と人類学者によれば、歴史性にはふたつのかたちが考えられ、ひとつは、象徴的存在に固執する社会に固有なもの、もうひとつは、歴史から出来事とエネルギーを汲み出そうとする社会に固有なものであるという。西欧社会は、伝統的に後者のグループに属しているが、現在、ことによると前者のほうに移行しつつあるかもしれない。哲学者が言うには、二〇世紀には歴史が加速し、その結果、時間への無関心が広がり、西欧社会に伝統的なかたちでの歴史性は衰退していった。もし、別の形態をとる歴史性が見出されなければならないとしたら、歴史を減速させなければならないといい、哲学者のなかには、世界人権宣言に人間的時間への権利を加えるべきだと要求する者もいた。兵士た

社会的アイデンティティ

ちを忘れまいとして記念碑を建てようとする考えは大戦中に現われたものだが、それは、市長たちが、戦没兵士の名簿を市庁舎に掲げるだけではあまりに事務的で味気なく、象徴性に欠けると考えたからであった。戦後、戦没兵士記念碑は、戦勝国でも敗戦国でも建造され、戦勝国の記念碑では勝利、それから犠牲心が称えられ、敗戦国では主に犠牲心、それから勇気が称えられた。一九八九年、あるアメリカの政治学者が、歴史の終わりという理論を唱えたが、それによると、歴史はもはや終わってしまったのだという。現代科学と新しいコミュニケーション手段によって人びとが幸福に暮らすようになり、全般的な幸福によって民主主義は保障され、かつて啓蒙主義者や人文主義者が考えたように、その逆ではない。市民は消費者であって、そして消費者も市民であり、そのため、あらゆる社会形態は自由民主主義へと向かい、さらに、自由民主主義によって権威主義的な支配形態はすべて消滅し、政治的にも、経済的にも、自由や平等がもたらされ、人類の歴史に新たな時代が開かれるといい、しかしそれはもはや歴史的なものではないという。ところが、多くの人びとはこのような理論を知ることなく、あたかも何もなかったかのように、さらなる歴史を作り続けていた。

訳者あとがき

二〇世紀ヨーロッパの歴史を、さまざまな数字、スローガン、噂などを重層的に引用するコラージュによって、わずか百数十ページで概観する。それが、パトリク・オウジェドニーク著の本書『エウロペアナ　二〇世紀史概説』である。

まずは、著者パトリク・オウジェドニークを簡単に紹介しよう。一九五七年、プラハ生まれ。父はチェコ人の医師、母はフランス語教師。十代のころ文化団体ジャズ・セクションの活動に関わっていたが、一九七九年、不当に逮捕された政治犯を擁護する組織VONSの嘆願書に署名をしたため、大学で教育を受ける機会を失ってしまう。その後は、書店員、資料館職員、倉庫係、郵便配達といった職を転々としながら、チェスに強い関心を抱くようになる。一九八四年のフランス亡命後は、しばらくのあいだチェスを教えたり、図書館で働いたりしていた。一九八六年以降は、季刊誌『もうひとつのヨーロッパ』の編集にたずさわり、文学を担当する。

一九八〇年代以降、翻訳にも従事するようになり、ボリス・ヴィアン、サミュエル・ベケット、レーモン・

クノー、アルフレッド・ジャリ、クロード・シモンらの作品をチェコ語に、ヴラジミール・ホラン、ヤン・スカーツェル、イヴァン・ヴェルニシュ、ボフミル・フラバル、ヤン・ザーブラナといったチェコの作家・詩人たちの作品をフランス語に翻訳し、双方向の翻訳家として活躍していた。一九八八年には、チェコ語の口語辞典を編纂してパリで刊行する。いわゆる規範的な文法書、辞書しか刊行されない社会主義体制下にあって、口語表現、スラング、隠語などを徹底的に調べつくした同書はきわめて新鮮な書物であった。

チェコ国内の政治体制が変わり、自由な出版活動ができるようになった一九九〇年以降は、詩集、童話などをチェコ国内で次々と刊行していたが、パトリク・オウジェドニークという作家の名前が広く知られるようになったのは本書『エウロペアナ』の刊行がきっかけだった。世紀が変わりゆく転換期に、きわめて斬新な叙述によって「二〇世紀」を描く本書は国内外で大きな反響を引き起こした。二〇〇一年という節目の年に刊行された本書は、チェコ国内では『リドヴェー・ノヴィヌィ』紙の「今年の一冊」に選出されたほか、反響は国境を越え、これまで二十数言語に訳出され、一九八九年以降、最も翻訳されたチェコ語の作品となった。また近年では戯曲化され、チェコを初め、ヨーロッパ各地で上演が相次いでいる。

「二〇世紀史概説」という副題を持つ本書は、刊行当初、チェコの書店で「誤って」歴史関係の書棚に並べられたことがあったという。しかし、「誤って」と言ってばかりもいられないかもしれない。歴史学によるテキストもまたフィクションだ、とするポストモダン批評によって、歴史叙述と歴史小説の区別はなくなってしまったからだ。また人類史を闇から輝く未来に向かって発展するものとして描き出す、目的論的な歴史も説得力が失われてしまった。「記憶」が「歴史」に取って代わったため、過去の出来事が「どのように起こったのか」という因果連関を説明するよりも、過去の出来事が「どのように想い出されるか」のほうが社会的に重要な問題になっているからだ。『エウロペアナ』は、そうした歴史の解体を徹底的に引き受けながらも、なお、ヨーロッパの二〇世紀を描き出そうとすると「歴史」はこのようになるのだ、というひとつの見本なのかもしれない。

そしてまた、本書は「歴史 history」を扱う書物であると同時に「物語 story」でもある。通常、多くの小説は抒情的な一人称か、一九世紀の小説に見られる全知の三人称で語りが進行するが、本書の語り手は無色透明な存在としてさまざまな言葉を披露し、言葉と言葉の緊張関係を露見させていく。「第一次世界大戦」、「ジェノサイド」という大きな出来事と「バービー人形」や「マスタード」といった日常の些細な事柄があまりにも淡々と並列されていくため、「史的事実」、スローガン、噂など、二〇世紀にまつわるさまざまな言葉と言葉のあいだにどのような因果関係や相関関係を見出すべきなのか判然としない。言葉と言葉が対立してグロテスクな様相が浮かび上がるが、「らしい」「そうだ」といった伝聞表現が多用されることで、どの言葉が真実なのか、どの言葉を信じればよいのかという懐疑の念が高まってしまう。そのようにして考えると、本書は、二〇世紀を語るさまざまな言葉をめぐる書物であるともいえる。『エウロペアナ』の著者は、多層的な言語表現を収集した口語辞典の編者でもあり、童話から小説、エッセイにいたる著作で「言語」という主題をつねに扱っている（たとえば、童話ではふんだんに言葉遊びが取り入れられ、小説『偶然の一瞬』のテーマのひとつは誤解である）。著者自身、あるインタビューで本書について、「この副題は古典的な反語です――皆さんが手にしているのは、二〇世紀史の概説では*ない*のです」と述べているように、アイロニー、風刺など多義性を生み出す言語そのものへの関心という点において、オウジェドニークの世界観は一貫している。『エウロペアナ』は、このような言葉に対する徹底的な信頼と徹底的な懐疑のあいだの微妙な緊張関係から成り立っており、本書の語りの新しさは言葉に対する両義的な眼差しにあるのかもしれない。

『エウロペアナ』以降も、オウジェドニークの執筆活動は衰えを知らない。小説『偶然の一瞬、一八五五』

（二〇〇六）がイタリアの『ラ・スタンパ』紙が選ぶ二〇〇七年のベストブックに選出されたほか、小説『解決済み』（二〇〇六）、ユートピア論『私を島にしたのはウトプスだ』（二〇一〇）、戯曲『今日と明後日』（二〇一二）、論考とインタビュー集『言語という自由空間』（二〇一三）といった作品が次々と発表され、今年に入ってからは『フランスの歴史　消えてしまった愛しいものに』（*Histoire de France. À notre chère disparue*）（二〇一四）をフランス語で刊行し、フランス語作家としてもデビューしている。

なお、ＥＵの欧州委員会は「ユーロピアナ Europeana」という電子図書館を公開しているが、同サイトが設立されたのは本書『エウロペアナ』の刊行から七年後の二〇〇八年である。

訳出に当たっては、前半を阿部が、後半を篠原が訳出し、意見交換をしながら表現の統一等の作業を行なった。文学者と歴史家の共同作業となったが、このような越境的な営為こそ、本書の射程の広さを物語るものなのかもしれない。なお、底本には、加筆がなされている第二版（Patrik Ouředník: *Europeana. Stručné dějiny dvacátého věku*. Praha: Paseka, 2006.）を用いた。

最後に、刊行にあたっては企画段階から校正時の的確な指示にいたるまで、白水社編集部の金子ちひろさんに大変お世話になった。心より感謝したい。

二〇一四年七月一日

訳者

訳者略歴

阿部賢一

東京都生まれ。東京大学准教授。専門は中欧文化論、比較文学。著書に『複数形のプラハ』（人文書院）、共編著に『バッカナリア　酒と文学の饗宴』（成文社）、訳書にB・フラバル『わたしは英国王に給仕した』、M・アイヴァス『もうひとつの街』（以上、河出書房新社）、L・フクス『火葬人』、B・フラバル『剃髪式』（以上、松籟社）など。

篠原　琢

東京都生まれ。東京外国語大学教授。専門は中央ヨーロッパ近・現代史。共編著に『ハプスブルク帝国政治文化史――継承される正統性』（昭和堂）、『国民国家と市民――包摂と排除の諸相』（山川出版社）、共著書に『ユーラシア世界　第五巻　国家と国際関係』（東京大学出版会）、『ドナウ・ヨーロッパ史』（山川出版社）、『七つの都市の物語』（NTT出版）など。

〈エクス・リブリス〉

エウロペアナ　二〇世紀史概説

二〇一四年八月三〇日　第一刷発行
二〇一九年四月五日　第五刷発行

著者　パトリク・オウジェドニーク
訳者 ©　阿《あ》部《べ》賢《けん》一《いち》
　　　　篠《しの》原《はら》琢《たく》
発行者　及川直志
印刷所　株式会社三陽社
発行所　株式会社白水社

東京都千代田区神田小川町三の二四
電話　営業部〇三（三二九一）七八一一
　　　編集部〇三（三二九一）七八二一
振替　〇〇一九〇-五-三三二二八
郵便番号　一〇一-〇〇五二
www.hakusuisha.co.jp

乱丁・落丁本は、送料小社負担にてお取り替えいたします。

誠製本株式会社

ISBN978-4-560-09035-0

Printed in Japan

エクス・リブリス

EXLIBRIS

逃亡派

オルガ・トカルチュク　小椋 彩訳

わたし／人体／世界へ向かって――一一六の〈旅〉のエピソードが編み上がる、探求と発見のめくるめく物語。『昼の家、夜の家』の作家が到達した斬新な「紀行文学」。ポーランドで最も権威ある文学賞《ニケ賞》受賞作。

ウッツ男爵

ある蒐集家の物語

◆ブルース・チャトウィン　池内 紀 訳

冷戦下のプラハ、マイセン磁器の蒐集家ウッツはあらゆる手を使ってコレクションを守り続ける。蒐集家の生涯をチェコの現代史と重ね合わせながら、蒐集という奇妙な情熱を描いた傑作。

［白水Uブックス］

裏面

ある幻想的な物語

◆アルフレート・クビーン　吉村博次、土肥美夫 訳

巨万の富を持つ謎の人物パテラが中央アジア辺境に建設した〈夢の国〉に招かれた画家は、奇妙な都に住む奇妙な人々と出会う。やがて恐るべき災厄と混乱が都市を覆い始める。幻想絵画の巨匠クビーンが描くグロテスクな終末の地獄図。作者自筆の挿絵を収録。

［白水Uブックス］